www.tredition.de

AF202921

Für Verena, Lilia, Ariane und Malte.

Torsten Adamski

Hotel Mom –
Flucht nach St. Pauli

www.tredition.de

© 2019 Torsten Adamski
1. Auflage

Umschlaggestaltung und Illustration:
Torsten Adamski

Verlag: tredition GmbH, Halenreie 40-44, 22359 Hamburg

ISBN:
978-3-7497-4317-9 (Paperback)
978-3-7497-4318-6 (Hardcover)
978-3-7497-4319-3 (e-Book)

Bibliografische Information der Deutschen Nationalbibliothek:
Die Deutsche Nationalbibliothek verzeichnet diese Pub-
likation in der Deutschen Nationalbibliografie; detaillier-
te bibliografische Daten sind im Internet über
http://dnb.d-nb.de abrufbar.

Inhaltsverzeichnis

„Lange Zeit sträubte ich mich einzusehen, wie wichtig es ist, über sich selbst lachen zu können. Verständlicherweise fiel es mir auch in anderen Situationen schwer, die Herausforderungen des Lebens mit Humor zu nehmen. Erst als mir klar wurde, dass die Welt so ist, wie wir glauben, dass sie ist, konnte ich von diesem unsäglichen Glaubenssatz ablassen, denn wer will schon in einer bierernsten Welt leben?"

Torsten Adamski

Kapitel 1: Der Balkon

B rrr – brrr – brrr. Brrr – brrr – brrr. Brrr – brrr – brrr. „Dies ist die Mailbox von Olaf Schmidt. Ich habe im Moment was anderes zu tun, aber wenn du mir unbedingt eine Nachricht hinterlassen willst, lass dich nicht aufhalten."

„Jungchen? Warum gehst du nicht ran? Ich bin es, deine Mutter! Liegst du etwa noch im Bett? Es ist schon nach Mittag und ich habe gestern Abend gar nichts mehr von dir gehört! Also rufe mich gleich zurück oder soll ich mir etwa Sorgen machen?"

Herr Schmidt saß auf seinem Balkon im 4. Stock der Gilbertstraße auf St. Pauli und seufzte. Die Sonne schien zwar und er konnte über die Häuser die Kräne des Hafens erkennen, aber die Stimme seiner Mutter hallte immer noch in seinen Ohren nach und verdarb ihm die Freude an dem wunderschönen Ausblick. Aber er musste einsehen, dass er selbst schuld war. Warum hatte er auch den Anrufbeantworter laut gelassen? Es war doch klar, dass sie heute anrufen würde. Gestern Abend war schön. Sehr schön! Gestern Abend konnte er dabei zusehen, wie sich die oberen Decks der Queen Mary II ganz langsam hinter den Häuserdächern langschob. Sein erster Abend in Freiheit – ganz allein auf seinem Balkon! Er hatte nicht vergessen, sie anzurufen. Er hatte es explizit vermieden. Er wollte den Anfang seines neuen Lebens in vollen Zügen genießen. Doch nun schien sie ihn wieder

7

eingeholt zu haben – mit einem banalen Telefonanruf. Er versuchte, sich einzureden, dass es nur eine Stimme auf einem Anrufbeantworter war. Seine Situation hatte sich nicht wirklich geändert in den letzten drei Minuten – es ist immer noch alles gut. Probleme gibt es nur im Kopf.

Die Sonne schien. Doch trotzdem war es etwas zu kalt für diese Jahreszeit. Sagte jedenfalls gerade die Stimme aus dem Radio in der Küche. NDR-Info – wissen, was die Welt bewegt. Eigentlich ein toller Claim, aber Herr Schmidt war sich nicht ganz sicher, ob er NDR-Info hört, um zu wissen, was die Welt bewegt. Täglich neue Überraschungen, meistens Katastrophen, die allerdings von den Experten, die dazu ihre Experten-Meinungen äußerten, meistens nicht als überraschend eingestuft wurden. Als er weiter darüber nachdachte, fiel ihm auf, dass Überraschungen unvermeidlich waren, wenn man Nachrichten im Radio hört. Das ist der Sinn und Zweck des Formates: Neuigkeiten, die man noch nicht kennt und nach denen man sich richten kann. Nachrichten. Ob man sich dann wirklich danach richtet oder nicht, bleibt natürlich jedem frei gestellt. Aber Radio zu hören und sich an überraschenden Neuigkeiten zu stören, macht keinen Sinn.

Er lächelte. Es gab ihm ein gutes Gefühl, wenn er Widersprüche in seinen Gedanken fand und diese dann nur mit Hilfe seiner eigenen Gedanken klären konnte. Also, Nachrichten im Radio bringen gezwungenermaßen Überraschungen mit sich, aber nach den Nachrichten, braucht man sich nicht zu richten, jedenfalls nicht gezwungenermaßen. Wenn man dies erst einmal erkannt hat, gibt es kein Problem.

Herr Schmidt lächelte wieder, diesmal mit einem selbstbewussten Anflug von Frohsinn, denn Selbstbewusstsein entstand für ihn aus Intelligenz. Die Macht der Logik. Und der zu Folge muss Intelligenz immer wieder überprüft werden. Wegen der eigenen Betriebsblindheit. Lieber einmal mehr als einmal zu wenig. Dieser Aufwand lohnt sich, wie sich eben ja auch beim Thema Nachrichten wieder herausgestellt hatte. Er war nicht so einer, der mal schnell - husch husch - etwas dahindachte und es nicht überprüfte. Er konnte sich auf seine Gründlichkeit verlassen.

Eigentlich, so kam ihm ein weiterer Gedanke, hörte er NDR-Info nur, weil er irgendetwas hören wollte und dabei sicher sein wollte, dass er keine Werbung hören müsste. Und darauf konnte man sich bei diesem Sender verlassen. Herr Schmidt fand es schön, dass es im Leben Dinge gab, auf die man sich verlassen konnte.

Eigentlich war Herr Schmidt der Namen seines Vaters – Norbert Schmidt. Er selbst hieß eigentlich Olaf – aber seit diesem für ihn verhängnisvollen Film namens Herr Lehmann nannten ihn die meisten seiner wenigen Freunde Herr Schmidt, ohne ihm allerdings verständlich machen zu können, warum. Er sah nicht im Entferntesten aus wie Christian Ulmen, er war noch nie in Berlin, er trank keinen Alkohol und hatte auch noch nie in einer Bar gearbeitet. Kein Alkohol hört sich so prinzipiell, so geplant an, aber dem war nicht so. Kein Alkohol meinte eigentlich kaum Alkohol, denn nur, weil er ein, zwei Mal im Jahr an einem Wein oder Sekt nippte, wusste er, dass er immer noch keinen Alkohol mochte. Und betrunken sein war eine vollkommen unnötige Behinderung – da war Herr Schmidt sich sicher. Nicht so sicher war er sich plötzlich, ob er überhaupt Freunde hatte. Ob er überhaupt wusste, was Freundschaft war oder woran man erkennen konnte, dass aus einem Bekannten ein Freund geworden wäre.

Er schaute auf, hoch in den Himmel. Es war gut, dass er von seinem Balkon aus den Himmel sehen konnte. Der Himmel war sein Freund. Sein Balkon war auch sein Freund. Ein geräumiger, stabiler Freund, auf dem neben dem quadratischen Glastisch ohne Probleme die zwei großen, neuen Gartenstühle passten. Wahrscheinlich sogar vier. Wenn er vier Stühle gehabt hätte, hätte er dies sofort überprüfen können. Es ginge vielleicht auch mit den beiden Küchenstühlen. Die waren zugegebenermaßen ein ganzes Stück kleiner als seine bequemen Gartenstühle aus Rattan-Imitat, aber für eine solide Einschätzung würde es sicherlich reichen. Er stand auf, ging durch die Balkontür in die angrenzende Küche, holte die beiden Stühle auf den Balkon und positionierte sie an den beiden freien Seiten des Tisches. Dann nahm er auf dem ersten Küchenstuhl platz, streckte seine Beine aus und blickte sich um. Alles in Ordnung. Dieselbe Prozedur auf dem nächsten und sicherheitshalber auch noch auf dem zweiten Gartenstuhl. Er lächelte zufrieden, denn er hatte sich nicht geirrt: man konnte bequem zu viert auf seinem Balkon sitzen, ohne irgendwelche Einschränkungen. Einer sofort selbst durchgeführten Beweisführung kann keine Logik widerstehen.

Er schaute wieder in den Himmel. Der Himmel war immer wichtig, obwohl die meisten Menschen ihn nur selten angemessen würdigten. Außer den Astronomen natürlich. Er hatte auch einmal ernsthaft mit dem Gedanken gespielt, Astrophysik zu studieren, aber jetzt im Nachhinein war es gut, dass er sich nicht dafür entschieden hatte, auch wenn ihm diese Entscheidung damals schwer fiel. Er hatte alles richtig gemacht, mit den Stühlen, mit seinem Umzug in die Gilberstraße, mit seinem Leben, auch wenn er immer noch nicht wusste, was es mit der Freundschaft auf sich hatte.

Dieser Gedanke machte ihn wieder nachdenklich. Kein Wunder, Gedanken – denken – nachdenklich. Alles passte. Es ist wichtig, dass man die eigenen Gedanken versteht. Manchmal dauert es vielleicht etwas länger als einem lieb ist, weil die notwendigen Überprüfungen ihre Zeit brauchen, aber so ist es nun einmal im Leben: Qualität braucht ihre Zeit und auch im Denken kann man wichtige Dinge nicht über´s Knie brechen.

Für diese Fälle hatte er sein Notizbuch. Er schlug das DinA6-kleine, dunkelblaue Heftchen auf und nahm den kleinen Bleistift aus der kleinen Lasche in der Innenseite des vorderen Einbandes. Er überlegte einen Moment, ob er nicht doch noch zwei weiteren Laschen für einen Anspitzer und ein Radiergummi hinzufügen könnte. Er verwarf diesen Gedanken aber wieder, weil er befürchtete, dass das kleine Büchlein dann zu dick werden würde. Er hatte sich nicht umsonst für das handliche DinA6-Format entschieden. Es war wichtig, dass er es immer dabei haben konnte. Obwohl er es nur selten unterwegs benutzte. Was daran lag, dass er recht selten unterwegs war. Wenngleich er sich eigentlich erst einmal ganz genau im Klaren sein müsste, was selten genau meint. Er schrieb die Wörter SELTEN UNTERWEGS auf die nächste freie Seite. Er fügte noch das Datum hinzu und ein Fragezeichen.

Dann fiel ihm ein, dass er sein Büchlein eigentlich aus einem anderen Grund gezückt hatte. FREUNDSCHAFT. Auch diesen Begriff schrieb er mit schnellem Strich in

Versalien auf die nächste Seite seines Buches. Freund-schaft. Er ahnte, dass irgendetwas in ihm wusste, was damit genau gemeint sein könnte. Aber er konnte es noch nicht formulieren und Ahnungen waren nicht seine bevorzugten Ratgeber beim Denken.

Die Sonne hatte sich inzwischen hinter einer weitläufi-gen, dichten Wolke versteckt. Stimmt, es war wirklich etwas zu kühl für die Jahreszeit. Juni ist eigentlich schon fast Sommer, aber in Hamburg weiß man meistens erst dann wie das Wetter wird, wenn es schon da ist. Er hatte noch keine guten Erfahrungen mit der Wettervorhersage gemacht, obwohl er ständig im Radio hörte, wie es war und wie es werden sollte. Es gab einfach zu viele lokale Faktoren, um sich dem Wetter mit einer soliden Logik zu nähern. Und eigentlich interessierte er sich herzlich we-nig für das Wetter. Warum auch? Die Wetterlage muss einen Städter nicht interessieren. Bauern und Menschen, die auf dem Land lebten, ja – für diese Menschen spielt das Wetter wahrscheinlich eine große Rolle, aber was sollte in der Stadt anders sein, wenn es regnet oder eben nicht?

Seine Selbstzufriedenheit nahm weiter zu, weil er merk-te, dass er kein leichtfertiger Mensch war, der sich nur oberflächlich mit den wichtigen Dingen des Lebens be-schäftigte. Leichtfertigkeit war eines der Grundübel der modernen Zeit. Leichtfertigkeit war für ihn ein Zeichen mangelnder Intelligenz. Zu schnell Informationen über sich preisgeben, sich zu schnell den Informationen hin-geben, zu schnell der Informationsflut vertrauen, ohne gründlich darüber nachzudenken, welcher Wert in den Informationen wirklich steckt. Informationen und Wis-sen sind zweierlei Paar Schuhe. Alle sprechen voller Begeisterung von der Informationsgesellschaft, ohne sich darüber im Klaren zu sein, dass Informationen erst dann nützlich sind, wenn sie zum Wissen führen. Und zum Wissen können sie nur führen, wenn sich richtig verarbeitet und angewendet werden. Und das funktioniert meistens nicht einfach nur so. Informationen können nicht einfach nur konsumiert werden, sie müssen reflektiert und verstanden werden. Dafür braucht es Zeit und eine adäquate Strategie, die dafür sorgt, dass man nicht in der Informationsflut untergeht und aus reiner Bequemlichkeit aufhört, nachzudenken. Jeder intelligente Mensch hat die Verantwortung, dafür zu sorgen, dass er Falsches von Richtigen und Wichtiges von Unwichtigen unterscheiden kann.

Er wollte gerade wieder etwas in sein Notizbuch schreiben, als seine Aufmerksamkeit wieder an seiner vorigen Notiz hängen blieb. FREUNDSCHAFT.

Er erinnerte sich plötzlich an Joachim Brentz, mit dem er über zehn Jahre lang zur Schule ging. Sie verbrachten viel Zeit zusammen, damals. Joachim Brentz war ein kleingewachsener, unsportlicher Rothaariger mit einer dicken Brille. Herr Schmidt störte sich nie daran, aber die meisten anderen Klassenkameraden zogen Joachim ständig damit auf. Rothaarig und mit Nachnamen Brentz. Schon klar. Eigentlich sogar ganz originell. Nur, war Joachim sein Freund? Irgendwie schon, aber bewiesen war das für ihn nicht. Er hatte ihn nie verteidigt oder versucht, sich auf eine andere Weise für ihn einzusetzen. Wie auch – seine eigene Beliebtheit hielt sich zugegebenermaßen stark in Grenzen. Außer mit seinem logischen Verständnis für Mathematik und Physik konnte er nicht besonders glänzen. Manchmal kamen ein paar von den coolen Kiffern zu ihm und schrieben die Hausaufgaben von ihm ab, aber sonst hatte er nicht viel zu bieten.

In der neunten und zehnten Klasse war er noch in der Leichtathletik-Staffel über vier mal einhundert Meter, weil er aus irgendeinem Grunde sehr schnell laufen konnte, aber nach seinem Fahrradunfall mit doppelten Schlüsselbeinbruch, gesplitterter Gelenkpfanne der rechten Schulter und zehnwöchigen Krankenhausaufenthalt war auch diese sportliche Episode seiner Jugend vorbei. Joachim hatte ihn damals fast jeden Tag im Universitätskrankenhaus Eppendorf besucht. Er hatte den Schulstoff dabei und meistens auch etwas Obst – sein Vater betrieb einen kleinen Gemüseladen in der Grindelallee. Joachim versuchte ihn aufzuheitern, was ihm auch meistens gelang, denn ein vollkommen untalentierter Kerl, der versucht, witzig zu sein, bringt auch einen Frischoperierten wieder dazu, glauben zu können, dass es immer noch schlimmer hätte kommen können. Komisch, wenn er jetzt darüber nachdachte, war es sonnenklar, dass er mit Joachim befreundet war. Oder zumindest Joachim mit ihm.

Nur, als Joachim wenige Monate später mit seiner Familie nach Aschaffenburg umzog, war das kein großes Problem für Herrn Schmidt. Er konnte sich nicht daran erinnern, dass Joachim ihm irgendwann einmal fehlte. Die Oberstufe fing an und er wurschtelte sich als Einzelkämpfer durch das Abitur. Er hatte schon mit 15 Jahren angefangen, einfache Anwendungen zu programmieren und verdiente als Abiturient wahrscheinlich mehr Geld, als die meisten seiner Lehrer. Er hätte ohne Probleme einfach mal in die Bahn steigen können, um nach Aschaffenburg zu fahren, aber er war einfach nicht auf die

Idee gekommen. Er hatte nicht einmal daran gedacht, Joachim telefonisch erreichen zu wollen und merkwürdiger weise hatte auch Joachim nicht angerufen. Oder hatte seine Mutter es ihm einfach nicht erzählt?

Seine Mutter. Mama. Herr Schmidt schaute sich hektisch um und horchte vom Balkon aus in die angrenzende Küche hinein. War da eben nicht ein Geräusch an der Wohnungstür? War er wirklich allein? Im Hinterhof auf dem Bauspielplatz vier Stockwerke unter ihm vergnügte sich lautstark eine Horde Halbwüchsiger mit Hämmern und Sägen. Er wurde nervös und das Blut stieg ihm in den Kopf, weil er von seinem geliebten Balkon aus nicht eindeutig überblicken konnte, ob jemand in seine geliebte Zweieinhalb-Zimmer-Wohnung eingedrungen war oder nicht. In sein Reich. Jemand. Jemand konnte nur seine Mutter sein. Warum hatte er ihr auch den Ersatzschlüssel überlassen? Weil er geglaubt hatte, dass es eine gute Idee sei. Für den Notfall. Falls man sich einmal ausgesperrt hat oder den Schlüssel verliert. Irgendjemand sollte immer einen Ersatzschlüssel im Leben haben.

Sein Nacken verspannte sich und er konnte die hektischen Flecken spüren, wie sie an den Seiten seines Halses pulsierten. Er hielt den Atem an - jederzeit damit rechnend, das verhasste JUNGCHEN in der tiefen Stimmlage seiner Mutter zu hören. JUNGCHEN. Und dabei dieser Blick, wenn sie in die Küche treten würde und ihn verkrampft auf dem Balkon hocken sehen könnte. Versteinert. Wehrlos. Die Sekunden tröpfelten zäh dahin, doch nichts geschah. Als unten auf dem Bauspielplatz die Seitenwand einer Bretterbude mit lautem Getöse umfiel, schreckte Herr Schmidt aus seiner Starre und kam wieder zu sich.

ERSATZSCHLÜSSEL schrieb er mit etwas zittriger Hand auf die nächste Seite seines Notizbuches. Auch dieses Thema hätte er bei Gelegenheit zu klären. Nein, nicht bei Gelegenheit, sondern so schnell wie möglich. Aber strategisch. Nicht aktionistisch, nicht leichtfertig – sondern genau überlegt. Nur die Ruhe bewahren, schließlich hatte er nach wie vor alles unter Kontrolle. Es gab eine Türkette an der Wohnungstür. Wenn er sich angewöhnen würde, diese Sicherung zu benutzen, hätte seine Mutter keine Chance. Er musste es sich nur angewöhnen. Ganz einfach. Warum war er nicht früher darauf gekommen? TÜRKETTE.

Er stand entschlossen auf und ging in die Küche, um sich eine eiskalte Zitronenlimonade aus dem Kühlschrank zu holen. Er nahm eins von den alten Star-Wars-Sammelgläsern aus dem Schrank und ging dann wieder schnellen Schrittes zurück auf den Balkon. Seinen Balkon. Er hatte ganz genau darauf geachtet, dass er nicht der Versuchung unterlag, in den zweieinhalb vorderen Zimmern nachzuschauen, ob nicht doch irgendjemand in seine Wohnung eingedrungen sein könnte. Er spürte zwar nach wie vor das Pochen seiner hektischen Flecken am Hals, aber Hautverfärbungen aufgrund von Durchblutungsanomalien sind das eine, zwanghaftes, paranoides Verhalten ist ein ganz anderes Kaliber. Da gilt es, sich zusammenzureißen. Schließlich war er kein kleiner Junge mehr, der vor seiner Mutter wegzulaufen hatte.

Der tiefe Zug aus dem Star-Wars-Sammelglas versöhnte ihn ein wenig mit seiner Situation. Die kräftig prickelnde Kühlung seiner Kehle übertünchte für einen Moment das unangenehme Pochen an seinem Hals. Eiskalte Zitronenlimonade war schon immer genau sein Getränk.

Im Moment war Bio-Zisch sein Favorit. An jeder Tankstelle, an jedem Kiosk wanderte sein Blick als erstes zu den Regalen oder Kühlschränken, um die Auswahl an Zitronenlimonade auf noch nicht erforschte Varianten zu prüfen. Wenn ihn Arbeitskollegen oder Bekannte nach einem Geburtstags- oder Weihnachtsgeschenk fragten, fiel ihm als erstes immer voller Überzeugung der Wunsch nach einer Zitronenlimonade ein, die er noch nicht kannte. Einmal hatte ihm ein französischer Nachbar drei verschiedene Sorten aus Lyon mitgebracht und ein anderes Mal bekam er zwei Flaschen von einem Kollegen aus Israel. Alle waren gut trinkbar – wenn sie eisgekühlt waren. Die anderen sieben oder acht Wunschäußerungen in den letzten 15 Jahren führten allerdings zu keinem Ergebnis. Wahrscheinlich wurden seine Wünsche einfach nicht so sehr ernst genommen. Wünsche, die erfragt, aber nicht ernst genommen wurden, waren nach Herrn Schmidts Meinung ein weiteres, schwerwiegendes Problem der zivilisierten Menschheit.

Star-Wars-Sammelgläser hatte sich Herr Schmidt niemals gewünscht. Er konnte mit diesem amerikanischen Märchenkram einfach nichts anfangen. Am meisten nervte ihn diese unglaublich unglaubwürdige Langsamkeit der Lasergeschosse und natürlich dieses andauernde Geschwafel von der hellen und der dunklen Seite der Macht. Als wenn es da irgendwo eine klare Grenze geben würde. Stopp – noch einen Schritt und du trittst aus dem Licht in den Schatten der Dunkelheit ein! Selbst jeder Anfänger weiß doch, dass sich das ganze Universum in der Raumzeit bewegt – wie sollte es feste Grenzen geben können, wenn sich der Raum nach Belieben krümmen kann?

Vor genau 30 Jahren traten die Gläser trotzdem in sein Leben und wurden zum festen Bestandteil seines Alltags. Sie waren das letzte Geschenk, das er von seinem Vater bekommen hatte. Dem eigentlichen Herrn Schmidt. Sein Vater hatte sie direkt aus Amerika mitgebracht, kurz bevor er selbst komplett aus dem Leben seines Sohnes verschwand. Vom Licht in den Schatten, könnte man meinen, wenn man es nicht besser wüsste. Herr Schmidt konnte sich an keine gemeinsame Momente mit seinem Vater im Licht erinnern. Für seinen Vater gab es eigentlich immer nur die Arschlochkarte, die seine Mutter bei jeder Gelegenheit ausspielte. Aber die Sammelgläser schienen selbst ihr irgendwie heilig. Wie eine Versicherung, dass ihr verhasster Ex-Mann nicht wieder zurückkommen würde, solange es den Gläsern gut ginge.

Han Solo fing langsam an, zu verblassen. Das war Herrn Schmidt schon aufgefallen, als er die sechs Gläser vorgestern in Zeitungspapier eingewickelt hatte. Er hatte vorher nie darüber nachgedacht, ob er diese hässlichen Gläser wirklich mit in seine erste eigene Wohnung nehmen sollte. Er hasste das Design. Aber dieser Hass war nur oberflächlich. Die Bedeutung hinter den Gläsern war aber tiefer gehend und irgendwann würde er sie verstehen. Und bis dahin würde er nicht zulassen, dass die Oberflächlichkeit, die er mehr hasste als alles andere, ihn auch nur für einen Moment ergriff und dafür sorgte, dass er diese hässlichen Gläser in den Müll werfen würde.

Oberflächlichkeit - Freundschaft. Waren das vielleicht Gegensätze? Beim nächsten kräftigen Schluck kam es ihm für einen langen Moment so vor, als könnte das kühle Nass in seiner Kehle die puckenden Knöpfe an seinem Hals mitreißen, hinunter in seinen Darm, damit er sie endlich ausscheißen könnte. Aber was würden sie zurück lassen? Große Narben an beiden Seiten seines Halses? Möglicherweise angeordnet in einem Halbkreis, als wäre er schon einmal fälschlicherweise gehängt worden?

Oberflächlichkeit - Freundschaft. Ihm überkam die Gewissheit, dass er sich auf einer heißen Spur befand. War Freundschaft der Beweis, dass zwei Menschen die Oberflächlichkeit ihres Daseins gemeinsam durchdrungen haben? Wenn dem so wäre, hatte er die Geschichte damals mit Joachim eindeutig vermasselt. Er war an der Oberfläche geblieben, vielleicht aus Unwissenheit, vielleicht aber auch aus Unfähigkeit. Seine Oberfläche glich einem Lotusblatt, an dem alles abperlte. Doch warum sollte die Geschichte schon zu Ende geschrieben sein? Der Gedanke, heraus zu finden, was aus Joachim geworden war, erfüllte ihn mit Neugier und er notierte JOACHIM BRENTZ, ASCHAFFENBURG auf der nächsten Seite seines Notizbuches.

Es wäre für Herrn Schmidt eine Kleinigkeit gewesen, sich ein digitales Tagebuch zu programmieren, aber er hatte sich nach reiflicher Überlegung bewusst dagegen entschieden, um eine klare Grenze zwischen seinen beruflichen Aktivitäten und seinen privaten Gefilden zu besitzen. Selbst geschaffene Grenzen geben Orientierung. Viele seiner Kollegen hielten ihn für einen Nerd, allerdings nicht in Richtung genialen Geek, dafür fehlte ihm das Talent, der Ehrgeiz und die Extrovertiertheit, seine Marotten gewinnbringend ins Rampenlicht zu stellen. Er konnte nicht abstreiten, dass er viele Facetten des einzelgängerischen, sonderbaren Computerfreaks bediente, aber für ihn war das nie ein wichtiger Teil seiner Identität. Er mochte die Logik des Programmierens und den Luxus, dass ihn nicht ständig jemand in die Prozesse reinredete. Aber er glaubte noch nie an das Gerede über eine heilige Mission, um die Menschheit in eine bessere digitale Welt zu führen. Software für Versicherungen oder Autohäuser zu schreiben, damit diese ihre Geschäftsmodelle oder Produkte besser an die Kunden bringen könnten, hatte für ihn keinen respektablen Sinn über das schnöde Geldverdienen hinaus. Ihm fehlte der Glaube, mehr sein zu können, als er sich vorstellen konnte. Er hatte lediglich zufälligerweise früh genug angefangen zu programmieren, um sich schon als Schüler eine gewisse finanzielle Unabhängigkeit zu ermöglichen. Er wollte nie ein Hacker werden. Er konnte sich weder für den digitalen Widerstand der Anonymious-Bewegung begeistern, noch glaubte er an eine Schwarm-Intelligenz, die trotz der beträchtlichen, menschenverachtenden Nebenwirkungen der Digitalisierung eine positive Wirkung auf das Zusammenleben der Menschen haben würde.

Viele Menschen unterschätzen in seinen Augen die Gefahr, sich in der digitalen Vermischung zwischen Privatleben und Beruf zu verlieren. Es ist doch kein Wunder, dass wir allein von der Menge der Informationen überfordert werden, wenn alles auf dem gleichen Kanal abläuft. Wenn du 300 berufliche Emails am Tag bewältigen musst, hast du beruflichen Stress. Wenn dann auch nur 5 private noch dazukommen, hast du auch privaten Stress, obwohl es eigentlich nicht sein müsste. Wenn du beim Job schon ständig auf den Monitor glotzen muss, was soll es dir bringen, auch noch in deiner Freizeit in das Meer der Oberflächlichkeit der sozialen Netzwerke einzutauchen? Weil es bequem ist, deine private Leere mit digitalen Likes und befreundeten Datenmüll zu füllen? Nur wer den Verlockungen der Bequemlichkeit konsequent widersteht, wird eine klare Orientierung in Krisenzeiten haben. Seine Leitplanke sollte die Entdigitalisierung seines Privatlebens bleiben. Handschriftliche Notizen für den Eigenbedarf und Briefe schreiben, obwohl er im Moment nicht wusste an wen. Musik aus dem Radio oder als Schallplatte und Filme im Fernsehen oder im Kino ansehen. Keine private Nutzung der sozialen Netzwerke. Lieber einmal mehr nach draußen auf die Straße, um das wahre Leben zu verstehen, auch wenn da draußen die Enttäuschung auf ihn warten würde. Besser eine reale Enttäuschung als eine digitale Hoffnung.

Plötzlich hörte Herr Schmidt wieder ein verdächtiges Geräusch. Er musste sich eingestehen, dass ihn im Moment alle Geräusche irritierten, die aus seiner Wohnung kamen. Also fasste er den Entschluss seine Bedenken ein für alle mal aktiv aus dem Weg zu räumen. Er stand auf und ging durch die Küche den Flur entlang zur Wohnungstür. Er verriegelte die Türkette der Haustür und schaute in die anderen Zimmer. In dem kleinen Zimmer lehnte seine Schreibtischplatte mit den Tischböcken noch an der Wand, die beiden Computer, die Taschen mit dem Zubehör und die Monitore standen auf dem Boden und warteten darauf, in einen Arbeitsplatz verwandelt zu werden.
Das Schlafzimmer war bis auf seine Matratze mit dem Bettzeug, dem Wecker und der kleinen Lampe noch vollkommen leer. Im großen Wohnzimmer sah er neben den beiden Schränken und den vier Regalen, die sechs Umzugskartons, die zwei Koffer und die wenigen Tüten,

in denen seine gesamte Vergangenheit verstaut waren. Dann fiel sein Blick auf seinen alten Scout-Schulranzen, der in der Ecke lag. Er hob ihn auf und strich zärtlich über den verschlissenen Kunststoff. Für einen Moment spielte er mit dem Gedanken, ihn aufzumachen, aber dann ließ er es, legte ihn wieder in die Ecke und ging zurück durch den langen Flur in Richtung Küche.

Die Holzdielen knarrten bei jedem seiner vorsichtigen Schritte und ihm wurde klar, wie fremd ihm seine neue Wohnung noch immer war. Einzig den Balkon und Teile der Küche hatte er schon voll in Besitz genommen. Dann hielt er inne, kehrte noch einmal um, marschierte entschlossenen Schrittes ins Wohnzimmer, stellte den Anrufbeantworter stumm und ging erleichtert in die Küche zurück. Ein Blick in den leeren Kühlschrank verriet ihm, dass es sinnvoll wäre, noch einmal einkaufen zu gehen. Wenn er seinen Einzug angemessen feiern wollte, bräuchte er schließlich das Notwendigste, auch, wenn er dabei nicht an Gäste dachte, die es zu bewirten galt. Erst einmal nur für sich, ganz bei sich bleiben und der historischen Tatsache gedenken, dass er fast 40 Jahre gebraucht hatte, um bei seiner Mutter auszuziehen.

Kapitel 2: Die Straße

Alles war anders auf St. Pauli. Der Geruch, die Geräusche, die Häuser, die Autos, die Gehwege und ganz besonders die Leute auf den Straßen. Es kam ihm vor, als wäre er endlich auf dem anderen Planeten gelandet, der schon immer der seine hätte sein sollen. Es gibt sicherlich Schlimmeres als fast 40 Jahre in einer Doppelhaushälfte mit seiner Mutter und seiner Tante in Poppenbüttel zu leben. In einer geräumigen Doppelhaushälfte muss man fairerweise sagen, denn er hatte einen eigenen Hintereingang über die Garage in seine zwei Zimmer im Souterrain. Es gab einen weitläufigen Garten mit einem gepflegten Rasen, verschiedenen Kräuterbeeten, acht Bienenstöcken, einem kleinen Teich und wilden Brombeersträuchern. Die Nachbarschaft war anständig, nichts sagend und langweilig. Es gab keine Parkplatznot, alles war sauber, selbst am Neujahrstag musste man gründlich suchen, um Spuren einer Sylvesterknallerei zu entdecken. Der perfekte Ort, um sein Leben reibungslos an sich vorbei ziehen zu lassen. Nur, war es nicht einmal sein Leben, es war das Leben seiner Mutter.

Als er ihr vor 2 Wochen gesagt hatte, dass er nach St. Pauli ziehen würde, war sie zunächst für ihre Verhältnisse sehr gefasst geblieben. Sie dachte sofort laut an die Reeperbahn, an das Rotlichtviertel, an Absteigen, Alkohol und Prostitution. Sie hielt seinen Plan für einen Ausbruchsversuch, der vielleicht ein paar Tage anhalten würde, bis er dann reumütig zu ihr zurückkehren würde, wenn er genug Geld verpulvert und genug vom kalten Leben auf die Fresse bekommen hätte. Er war sichtlich verwundert, dass sie ihm ihre Annahmen so unverblümt mitgeteilt hatte, aber andererseits überraschte ihn ihre Kaltblütigkeit nicht wirklich. Sie hatte in den seltenen Begegnungen, in denen es um seine Bedürfnisse ging, immer schon etwas Distanziertes, als wäre er ihr Mitarbeiter, dessen Problem sie entweder lösen oder zerstören müsste. Da war kein Zuhören, kein Verstehen wollen, keine Neugier, nur der Wunsch nach Kontrolle und Vermeidung von unnötigem Aufwand.

Er hatte sie während der nächsten Tage in ihrer Vorstellung gelassen, bevor er ihr vorgestern sagte, dass es auf St. Pauli auch ein Wohnviertel gäbe, in dem es weder besoffene Touristen noch Prostituierte gab, sondern nur Menschen aus allen Ecken der Erde, die sich in Toleranz und Verständnis zusammengefunden hätten, um ein offenes Leben miteinander zu führen und sich dabei so wenig wie möglich auf den Sack gehen zu wollen. Und genau in dieses Viertel würde er noch an diesem Tage umziehen.
Diesmal überraschte ihn ihre Reaktion allerdings sehr. Ihre Augen wurden feucht, sie schnappte nach Luft und es verschlug ihr für einen Moment die Sprache. Er vermutete zunächst, dass es an der Kurzfristigkeit seiner Pläne lag, aber war das wirklich der Grund? Ihr verstörter Blick erinnerte ihn an damals, als sein Vater sie verlassen hatte, als sie die Kontrolle über ihr Leben verloren zu haben schien. Er glaubte, sie würde jetzt all ihre Aggressionen auf ihn richten, ihn anschreien und demütigen, wie sie es damals bei jeder Gelegenheit mit seinem

Vater getan hatte. Aber sie schaute ihn nur traurig an, wandte sich ab und ließ ihn wortlos stehen.

Die Gilbertstraße ist eine breite Wohnstraße – verkehrsberuhigt und mit altem Baumbestand. Gleich rechts geht es in die Bleicherstraße Richtung Paul-Roosen-Straße, an deren Ecke sich ein mittelgroßer, inhabergeführter Edekamarkt befindet. Herr Schmidt genoss sein mentales Touristendasein und war froh, dass er sich dazu durchgerungen hatte, sein Viertel zu erkunden. Der Himmel war zwar strahlend blau, aber die Sonne wollte noch immer keine wohlige Wärme spenden, ein kühler Wind ließ ihn frösteln. Ein Skater auf einem Longboard rauschte dicht an ihm vorbei und erinnerte ihn daran, dass er sich noch nicht auf sicherem Terrain befand. Er verlangsamte sein Tempo vorsichtshalber und sog all die neuen Eindrücke, die vielen selbstsicheren Menschen, die sich scheinbar nach ihren eigenen Verkehrsregeln durch die Straßen bewegten, auf, wie ein unbeholfener, jungfräulicher Schwamm. Es würde noch einige Zeit und Aufmerksamkeit brauchen, um sich in die Regeln einzufinden, aber genau diese Zeit würde er sich nehmen.

Er wollte eigentlich nur das Nötigste kaufen, aber sein touristischer Forscherdrang verwandelte sich in eine für ihn vollkommen ungewohnte Lust am Einkaufen. Genauer gesagt, konnte er sich überhaupt nicht erinnern, ob er jemals allein in einem Supermarkt war. Jeder Gang, jedes Regal wurde von ihm gründlich inspiziert und am Ende stand er mit einem randvollen Einkaufswagen an einer der engen Kassen. Die türkisch wirkende Kassiererin lächelte ihn kurz an, während er sich mit dem Kleingeld abmühte. Voll beladen mit sechs großen Einkaufstüten machte er sich stolz auf den Heimweg, bis nach wenigen Metern seine Schulter anfing, heftig zu schmerzen. Ihm wurde schlagartig bewusst, dass sein Auszug aus dem Hotel Mom beträchtlich Konsequenzen nach sich zog, deren Tragweite er noch überhaupt nicht durchdacht hatte. Wie und wo wollte er eigentlich seine Wäsche waschen? Wäre es vielleicht doch sinnvoll, die Einkäufe online zu tätigen und sich beliefern zu lassen? Oder besser einen Hackenporsche besorgen? Nur, wie kriegt er den dann elegant in den vierten Stock ohne Aufzug? Viele offene Fragen, auf die er eine Antwort finden müsste. Aber nicht jetzt. Jetzt ging es nur darum, seine Beute nach Hause zu kriegen und sei es in ganz kleinen Etappen. Zu hause wartete sein Balkon schon auf ihn, geduldig und voller Sonne unter dem strahlend blauen Himmel.

Vor Schmerz schwitzend erreichte er die Haustür. In seiner rechten Hand hatte er kaum noch Gefühl und er machte eine weitere Pause. Ihm fiel zum ersten Mal auf, dass ein kleines Schild an der Fassade darauf hinwies, dass das Gebäude 1908 erbaut, 1976 saniert und dafür mit einem Preis der Stadt Hamburg für die beste Fassadensanierung ausgezeichnet wurde. Er konnte sich trotz der schmerzenden Schulter für einen Moment darüber erfreuen, dass er in einem historischen Gebäude leben würde, das fast dreimal so alt war wie er selbst. Er schloss voller Respekt die Haustür auf und zerrte die Einkaufstüten ins Treppenhaus.

88 Stufen hätten eigentlich mindestens weitere acht Pausen bedeutet. Aber während der Pause auf dem ersten Treppensockel begegnete ihm eine junge Frau, die scheinbar auch im Haus wohnte. Sie hatte die Haustür aufgeschlossen und kam mit viel Elan die Treppe hoch-

geschwebt, war vielleicht Mitte zwanzig, hatte gold-blondes Haar und ein offenes Lächeln. Sie erkannte so-fort, dass er Unterstützung gebrauchen konnte und bot ihm an, einen Teil der Einkaufstüten mit nach oben zu tragen. Zögerlich willigte Herr Schmidt ein. Sie nahm ihm drei Tüten ab und ging zügig voran in den vierten Stock. Nicht nur seine Schulter fühlte sich durch diese freundliche Begegnung schlagartig besser. Er hätte das Gespräch mit ihr gern irgendwie verlängert, aber so schnell diese engelsgleiche Erscheinung in sein Leben eingedrungen war, so schnell war sie auch wieder ver-schwunden. Sie verabschiedete sich mit der Bemerkung, dass man sich jetzt wohl öfter sehen würde und ver-schwand mit einem weiteren Lächeln in der Wohnung im dritten Stock direkt unter ihm.

In der Küche angekommen, ließ er sich schnaufend auf einen der Küchenstühle fallen. Die erste Schlacht im ei-genen Reich war geschlagen. Er lehnte sich zurück und dachte an den gestrigen Umzug. Während seine beiden bezahlten Umzugshelfer routiniert die größeren Teile hoch getragen hatten, schwebte er wohl so endorphinge-tränkt in sein neues Leben, dass er die Bewältigung der 88 Stufen als keineswegs mühselig empfand, obwohl er sie mindestens zehnmal mit Kartons und Taschen bela-den erklommen hatte. 88 Stufen, das solide Fundament seines Balkons, seines Leuchtturmes mit Blick in die Freiheit.
Er raffte sich auf, um die Einkaufstüten auszupacken, als ihm plötzlich auffiel, dass er schon wieder vergessen hatte, die Türkette zu benutzen. Neue Gewohnheiten kommen nicht von allein – man muss sich jede Verände-rung hart erkämpfen! Elf knarrende Schritte durch den Flur später schob er den Kettenriegel in seine Führung,

um dann schnell wieder in die Küche zurückzukehren. Er schaltete das Radio an und gleich wieder aus. Heute brauchte er keine Nachrichten von außen. Heute wollte er sich voll auf die Nachrichten von Innen konzentrieren. Heute war ein Tag, den er nie wieder vergessen wollte.

Beim Auspacken der Einkaufstüten freute er sich wie ein Kind, weil er sich zum Teil gar nicht mehr daran erinnern konnte, was er alles erbeutet hatte. Natürlich drei Flaschen Zitronenlimonade – sogar drei verschiedene Sorten, von denen er bei einer nicht mal sicher war, ob er sie überhaupt schon jemals probiert hatte. Was für ein Glückstag – ein weiterer Wunsch war in Erfüllung gegangen. Zwei verschiedene Varianten eingelegter Fischfilets in Dosen. Mehrere Arten von Nudeln und eine handvoll Fertigsoßen. Ein Glas Nutella und ein Glas Himbeermarmelade. Zwei thailändische Fertiggerichte mit einem Bio-Label, drei Grapefruits, eine Mini-Ananas, zwei weitere Früchte, deren Namen er nicht kannte, verschiedene Joghurts, Quarkspeisen und Trinkkefire, ein frisches Körnerbrot, Butter, sechs Bio-Eier, frischer Blattspinat, wobei er jedoch nicht wusste, wie man ihn zubereiten müsste. Zwei verschiedenenfarbige Paprika, eine Gurke, eine Packung Basmatireis, einen Becher Schlagsahne, zwei Gläser Oliven – grün und schwarz, Hüttenkäse, Emmentaler, Höhlenkäse, chinesische Reiskräcker, ungarische Bio-Chips und ein französischer Wein, falls er überraschend Besuch bekommen würde. Einen Brokkoli, bei dem er sich auch nicht über die Zubereitung sicher war, ein kleines Stück Parmesan, schwedische Kaubonbons, vier verschiedene Sorten Schokolade, eine kleine Dose Raumspray, Flüssigwaschmittel, das man auch im Waschbecken benutzen konnte und ein türkisches Fladenbrot, das er immer schon probieren wollte. Als er so auf seinen Einkauf schaute, fragte er sich, ob er möglicherweise ein Vegetarier sei oder jedenfalls fast, sieht man einmal von den Fischdosen und den Eiern ab. Oder essen Vegetarier auch Eier?

Nachdem er alles verstaut hatte, gönnte er sich eine wohlverdiente Pause auf seinem Balkon. Die Sonne stand jetzt schon recht tief, ein Blick auf die Uhr ließ ihn erkennen, dass es schon viertel vor sieben war. Der Wind hatte nachgelassen, genauso wie der Schmerz in seiner Schulter. Er hatte eine erprobte Routine und kam meistens ohne Schmerzmittel aus, weil ihm der behandelnde Arzt im Krankenhaus schon vor 25 Jahren empfahl, den Schmerz weniger als Feind, sondern eher als Sensor für seine Bedürfnisse zu sehen. Und die eigenen Bedürfnisse zu betäuben macht logisch gesehen keinen Sinn. Er genoss den milden Ausklang des Vorsommertages und blickte auf den verwinkelten Hinterhof.

Es war auffallend ruhig. Er hatte einmal gelesen, dass in St. Pauli 18.000 Menschen auf einem Quadratkilometer leben. Wie konnte es dann so ruhig sein? Er konnte sogar eine Mücke hören, aber nicht sehen. Ihr Summen machte ihn nervös und er dachte an die exotischen Mückenarten, die sich von Süden her jetzt auch in Deutschland etabliert hatten. Buschmücken, Tigermücken, Teufelsmücken – alles Arten die bis zu 16 Virusarten übertragen konnten. Bald würde man sich auch hier gegen die gefährlichen Tropenkrankheiten wie Gelbfieber, Malaria und Dengifieber impfen lassen müssen. Auf der anderen Seite würden dann die Medikamente auch für die dritte Welt endlich billiger werden. Alles ist mit allem vernetzt. Und Erkenntnisse entstehen, wenn Informationen von Praktikern an der Front intelligent und nicht leichtfertig genutzt werden.

Er beschloss, sich in einer Vertrauensübung zu bewähren, lehnte sich im Gartenstuhl zurück und schloss die Augen. Vor seinem geistigen Auge sah er verschiedene Impressionen seines Tages ablaufen. Joachim Brentz – wie mag er inzwischen aussehen? Hatte er immer noch karottenfarbene Haare? War er dick geworden? Die Regale des Edekamarktes – in welchen Gängen waren welche Waren zu finden? An was konnte er sich noch erinnern? Und der Engel aus dem Treppenhaus – wie mochte sie wohl heißen?

Bssssssssummmm – er schlug mit geschlossen Augen nach der Mücke, die ganz dicht an seinem Ohr vorbei geflogen war. Das Summen verstummte, vielleicht hatte er sie erwischt, vielleicht hatte sie auch nur eingesehen, dass mit ihm nicht gut Kirschen essen war. Noch einmal Bilder von dem goldblonden Engel aus dem Treppenhaus – mit wem wohnte sie wohl in der Wohnung im dritten Stock? Genau unter ihm. Vielleicht saß sie jetzt auch gerade auf dem Balkon. Vielleicht las sie gerade ein Buch. Er würde auf jeden Fall auch seine vier Buchkartons heute noch auspacken. Er hatte schon so viele Bücher in seinem Leben gelesen und konnte sich leider nur an so wenig Titel und Autoren erinnern. Da waren echte Klassiker wie Nietzsche oder Kant dabei, außerdem viele Biografien über wichtige Menschen der Weltgeschichte. Mathematiker, Logiker, Naturwissenschaftler, aber keine Romanciers oder Belletristik. Der Engel würde bestimmt eher eine Liebesgeschichte oder ein Drama lesen. Warum interessierte er sich eigentlich so wenig für Romane, die einfach nur eine Geschichte erzählen wollten? Die einfach nur unterhalten wollten? Die den Leser einfach nur zum Träumen animieren wollten? Warum war er eigentlich so ernst?

Bssssssssummmm.
„Verdammt!" entfuhr es ihm lautstark.
Bsssssssummmmbsssssssummmmmsummmmm.
Er schlug wieder nach der Mücke, diesmal direkt auf seine linke Ohrmuschel, aber er hatte sie wohl verfehlt – ihr Summen wurde noch lauter – es klingelte direkt in seinem Ohr.
BSSSS. BSSSSS. BSSSSSSSSSSSSSSSS.
Er glaubte, ihre kleinen Beine in seinem Gehörgang zu spüren und bohrte wild mit seinem Zeigefinger in dem Ohr herum.
BSSSSSSSSSUMMMMMMMM.
„Oh, Gott! Scheiße!"
Ihr Summen schwellte zu einem infernalen Orkan an und voller Verzweifelung musste er einsehen, dass selbst sein kleiner Finger zu dick war, um sie zu erreichen.
„Auaaaaaaaaaah!"

Sie hatte ihn gestochen. Der Schmerz drang tief in seinen Kopf ein. Alles wirkte so überlebensgroß und dramatisch, wie ein riesiges Skalpell, das langsam durch sein Ohr in seinen Schädel geschoben wurde. Sein Hirn schien förmlich aufgespießt zu werden. Er wand sich schmerzverzerrt auf dem Stuhl, kippte nach vorn und fiel auf die Knie.

Kapitel 2: Ich und ich

Als Herr Schmidt wieder zu sich kam, war es tiefe Nacht. Seine Uhr in der beleuchteten Küche stand auf zwei Minuten nach zwölf. Er war orientierungslos, sein Kopf schmerzte, seine Wahrnehmung war verschwommen.

„Wo bin ich?" hörte er sich denken.

„Du bist zu hause." bekam er als Antwort. „Auf unserem geliebten Balkon."

Herr Schmidt zuckte zusammen.
„Wer spricht da?" entfuhr es ihm laut, während er sich nach allen Seiten hektisch umdrehte.

„Ich natürlich - Olaf Schmidt."

Herr Schmidt zuckte erneut zusammen – die Stimme schien direkt aus seinem Kopf zu kommen. „Wie Olaf Schmidt? Ich bin Olaf Schmidt!"

„Lass uns nicht streiten, wir haben seit zwei Minuten Geburtstag."

Herr Schmidt war einfach zu verdutzt, um sich weiter aufzuregen. Er setzte sich in seinen Gartenstuhl und schaute irritiert über den dunklen Hinterhof in den dunkelblassen Himmel. Die geschlossene Wolkendecke reflektierte die Lichter der Stadt – kein Stern war zu sehen.

Geburtstag. WIR HABEN SEIT ZWEI MINUTEN GE-BURTSTAG - was mag damit gemeint sein? War er nun schlagartig verrückt geworden? Schizophren? Persönlichkeitsgespalten?

„Du solltest Dich nicht so sehr sorgen, sondern der Realität endlich ins Auge sehen.", sagte die Stimme in einem deutlich vorwurfsvollen Ton.

„Was gibt es denn hier zu sehen?", erwiderte er laut und fuhr aus dem Stuhl. „Nichts! Nichts gibt es hier zu sehen! Das einzige was hier nicht zusammenpasst, ist das, was ich höre! Was ist nur los mit mir? Habe ich jetzt eine sprechende Mücke in meinem Kopf, die versucht, mich von innen heraus verrückt zu machen?"

„Du brauchst nicht so zu schreien – was sollen denn die Nachbarn denken? Und ich bin weder eine Mücke noch irgendein anderer Fremdkörper in uns. Ich bin der Olaf Schmidt, der schon seit genau 40 Jahren, 8 Monaten und 23 Tagen dafür sorgt, dass dieser Körper wächst und gedeiht und alle Herausforderungen und Strapazen des Lebens übersteht."

Die Stimme sprach eindringlich und bestimmt und ließ Herrn Schmidt für einen Moment verharren. Er musste träumen! Genau, das war die Lösung! Er träumte und es machte logisch gesehen überhaupt keinen Sinn gegen dieses Traumszenario anzukämpfen. Bestimmt liegt jetzt sein echter Körper in seinem Bett und windet sich in dieser ungewöhnlichen Erfahrung beim Schlafen.

„Dann gehe doch ins Schlafzimmer und überprüfe deine These." kam als Antwort.

Ja, warum eigentlich nicht? Er wollte schon in Richtung Küche gehen, als ihm ein Gedanke verunsicherte: kann das nicht riskant sein? Sollte man in einem Traum mit einer außerkörperlichen Erfahrung nicht vermeiden, den Schlafenden mit dem Traumkörper zu konfrontieren?

„Wenn, dann wäre es höchstens umgekehrt. Aber das ist alles sowieso nur Spekulation. Wir träumen nicht! Das kannst du mir glauben, ich bin der Experte für Träume in unserem Doppel-System. Du wirst nur ein leeres Bett vorfinden!"

Herr Schmidt wurde sich der Zwickmühle gewahr. Er zwickte sich spontan in den Oberschenkel, aber nichts passierte. Wenn er keine andere Möglichkeit finden würde, zu überprüfen, ob er träumte oder nicht, bliebe er in diesem Szenario weiter gefangen und würde vielleicht über kurz oder lang Gefahr laufen, seinen Verstand zu verlieren. Aber wenn er jetzt in sein Schlafzimmer gehen würde und ein leeres Bett vorfinden würde, würde er vielleicht auch seinen Verstand verlieren.

„Warum gehen alle deine Gedanken in so eine verrückte Richtung? Warum genießt du es nicht einfach, dass wir endlich miteinander sprechen können und unsere missliche Lage nicht mehr weiter ertragen müssen."

„Unsere missliche Lage? Was ... was meinst du damit?"

„Nun ja – ist dir noch nie aufgefallen wie unglücklich wir sind? Wie viel Schmerz ich ständig ertragen muss! Wie viele Leichen du im Keller versteckt hälst? Wie verzweifelt ich versucht habe, mit dir Kontakt aufzunehmen, damit es endlich besser wird?"

Während die Stimme auf ihn einredete, war Herr Schmidt in einer diffusen Fluchtbewegung durch den Flur in Richtung Schlafzimmer gewankt. Er erschrak – sein Bett war leer.

„Hast du mir zugehört? Du bringst mich zur Verzweiflung, wenn du mir nicht zuhörst!"

„Ich glaube kaum, dass ich verstehen kann, was hier gerade passiert.", dachte Herr Schmidt in einer Langsamkeit, die er bis jetzt noch nie erlebte hatte. Jeder Buchstabe seiner Gedanken purzelte wie in Zeitlupe in den Fokus seiner Aufmerksamkeit.

„Ich glaube, du fängst langsam an zu verstehen, aber eben nur sehr langsam – aber mach dir nichts draus, besser langsam in die richtige Richtung als schnell weiter in die falsche Richtung."

Herr Schmidt war sichtlich überfordert. Er sackte zusammen und fiel mit den Knien auf das Kopfende seiner Matratze. Er starrte für einen sehr langen Moment ins Leere, den Unterkiefer weit geöffnet. Tränen liefen ihm von den Wangen und er konnte sich nicht daran erinnern, dass er sich jemals so hilflos fühlte. Dann plötzlich fing er wütend an, wild mit seinen Fingern in beiden Ohren zu bohren und sich dabei auf dem Boden zu wälzen. Er gab dabei knurrende und jaulende Geräusche von sich bis er - wieder ganz plötzlich - inne hielt.

„Ja, langsam fängst du wirklich an zu verstehen, wie ich mich seit Jahren fühle.", hörte er die Stimme sagen. In ihr schwang keine Spur von Überlegenheit, nur ein sanftes Mitgefühl.

Herr Schmidt fing an zu schluchzen, zuerst ganz leise und langsam wie ein müder Säugling. Dann leicht beschleunigend und lauter werdend, nur unterbrochen von abgehakten, kurzen Atemzügen. „Uuuuhuuhhuuu-hu!", brach es aus ihm raus. „Uuuuhuhuhuuuu – Maaaamaaaaa!"

„Ja, lass es ruhig alles raus. Ich beneide dich um deine Fähigkeit, so kreativ mit deiner Verzweiflung umzugehen. Vielleicht hätte ich auch versuchen sollen, meine Verzweiflung offen und in voller Wucht zu zeigen. Vielleicht hättest du damit mehr anfangen können, als mit den sonderbaren Flecken an unserem Hals. Aber ich konnte es einfach nicht. Ich habe es nie gelernt.... "

„Wie ... wie ... wie war das mit den Flecken?", japste Herr Schmidt und wusch sich mit seinen Handrücken die Tränen aus den Augen. „Die Flecken – sie stammen von dir?"

„Ja, genau genommen sind sie ein hilfloser Ausdruck meiner Verzweiflung. Mehr konnte ich dir nicht mitteilen, nach all den Jahren im Schatten, mal abgesehen von dem Sodbrennen, der Beklemmung in engen Räumen und deiner Abneigung gegen körperliche Berührungen."

Herr Schmidt spürte das Sodbrennen in seinem Magen und wunderte sich darüber, dass er jahrelang geglaubt hatte, dass es an seiner einseitigen Ernährung liegen würde. „Es fing an mit dem Essen von Mama..."

„Ja, ich hoffte damals, es würde dich dazu bringen, den Schritt zu tun, den du leider erst vor zwei Tagen getan hast."

„Und meine Angst vor engen Räumen – dafür bist du auch verantwortlich?"

„Ich wollte, dass du dich für die Weite, für die Freiheit interessierst, um dich endlich dafür zu entscheiden, unser eigenes Leben zu führen..."

„Und meine Abneigung vor Berührungen?"

„Du kannst dir nicht vorstellen, wie sehr ich darunter litt – wir waren fast zwanzig Jahre alt und du glaubtest immer noch, dass Kuscheln mit Mama dir die Nähe und Wärme geben könnte, die du nicht bereit warst, dir in der Welt da draußen zu erobern. Jedes Mal wenn wir auf ein Mädchen trafen, dass sich auch nur einen Funken für uns interessierte, bist du sofort wieder in Mamas Schoß geflüchtet..."

„Das ist nicht wahr!"

„Doch! Und du weißt genau, dass ich Recht habe. Es war ekelhaft, ich konnte es nicht mehr ertragen, wie sie uns angefasst hat, wie du dich anfassen hast lassen, als wären wir ihr Spielzeug, ihr Eigentum, das sie nach Belieben benutzen konnte!"

Herr Schmidt schwieg. Er sah schemenhaft die inneren Bilder der Erinnerung – das Gesicht seiner Mutter, ihre Hände, wie sie über seine Brust glitten, hinunter zu seiner Hüfte.

„Und irgendwann fiel mir in meiner Verzweiflung nichts anderes mehr ein, als vor allen Berührungen einen Riegel vorschieben. Ich musste uns schützen... es tut mir leid...“

Herr Schmidt stand langsam auf und ging durch den Flur in die Küche. Es kam ihm so vor, als schwebte er in vollkommener Klarheit. Natürlich war er geschockt, aber er hatte sich verändert, das wusste er. Egal, ob sich der ganze Albtraum doch noch als Albtraum herausstellen würde, etwas in ihm hatte sich verändert.
„Wer bist du?“ flüsterte er.

„Ich bin du. Wir waren schon immer zwei. Alle Menschen sind zwei.“

„Was bist du?“

„Ich bin der Teil von dir, der niemals schläft, der immer und überall in uns dafür sorgt, dass es weiter geht, dass wir überleben, dass uns das Leben, das bis heute nicht das unsrige war, nicht zerreißt.“

Herr Schmidt nahm eine Flasche CitrusFresh aus dem Kühlschrank, öffnete sie und trank einen großen Schluck. Die Kälte und die Kohlensäure hielten sich einen Moment die Waage, bis die Kohlensäure die Überhand gewann und ihn sich schütteln ließ. Er musste an seine Flecken am Hals denken und versuchte sie mit seinen Fingerspitzen zu ertasten.

„Ich hatte tatsächlich den Hals in der Schlinge!", hörte er sich denken. „Ich habe es schon immer gewusst. Ich habe schon so vieles immer schon gewusst. Aber ich habe nie darauf gehört. Ich habe nie auf dich gehört. Aber ich habe auch nie gewusst, dass es dich gibt."

Dann schaute er auf sein unscharfes Spiegelbild in der doppelt verglasten Balkontür. Er konnte die Umrisse seines schlaksigen Körpers erkennen. Seine dünnen Beine mit den großen Füßen, seine schmalen Schultern, seine kartoffelfarbenen halblangen Haare, und auch seine große Nase und sein fliehendes Kinn, wenn er sich leicht zur Seite drehte. Dahinter schimmerten die Lichter des Hafens und ein paar beleuchtete Zimmer auf der anderen Seite des Hinterhofs. Die Welt da draußen, die für ihn bis eben alles bedeutete. Seinem sich selbst gegebenen Versprechen hinsichtlich des unumstößlichen Wertes der Freiheit da draußen, konnte er nun nicht mehr glauben. Er hatte sich wirklich verändert. Er war neugierig geworden auf sich selbst.

Kapitel 3: Stabilität und Innovation

Herr Schmidt konnte sich immer an seine Träume erinnern, jedenfalls an die letzten Momente vor dem Aufwachen. Aber diesmal war es anders. Er musste sich gar nicht an seinen Traum erinnern, der Traum erinnerte sich an ihn.

„Hast du gut geschlafen?"

Herr Schmidt öffnete die Augen und schaute sich um, aber er konnte niemanden sehen.
„Oh, nein, die Mücke!" Er fasste sich an sein linkes Ohr, das sich überraschend normal anfühlte. Keine Schwellung, kein Anzeichen eines Stichs.

„Ja, vielleicht hat die Mücke uns den entscheidenden Schritt ermöglicht, damit wir endlich zusammenfinden."

„Was meinst du damit?"

„Ist es nicht offensichtlich? Wir haben uns in den letzten Jahrzehnten eher bekämpft als zusammengearbeitet."

„Ich habe niemanden bekämpft!"

„Ja genau, du hast alles immer nur hingenommen. Du hast dir alles bieten lassen – von Mama, von Tante Barbara, von den Lehrern, von den Nachbarn, von deinen Chefs..."

„Stopp, stopp, stopp! Ich weiß gar nicht, wovon du sprichst. Außerdem ist es noch viel zu früh am morgen – ich bin doch nicht bei Mama ausgezogen, um dann in meiner eigenen Wohnung gleich nach dem Aufwachen irgendwelche Empörungsarien über mich ergehen lassen zu müssen. Noch dazu von einer unheimlichen Stimme, die behauptet, ich selbst zu sein. So geht das nicht!"

Herr Schmidt kniff die Augen zu und zog sich die Decke über den Kopf.

„Okay, du hast ja Recht. Wenn wir zusammenarbeiten wollen, muss es sich für uns beide gut anfühlen. Also, was brauchst du dafür?"

Herr Schmidt wälzte sich in die andere Richtung, er hatte noch nicht verstanden, dass er sich vor der Stimme in seinem Inneren nicht wegdrehen konnte.

„Ich glaube, du brauchst Informationen. Also, was willst du von mir wissen?"

„Ich weiß es nicht..." murmelte er unter seiner Decke.

„Na gut, dann werde ich dir erst einmal von unserem ersten Zusammentreffen erzählen: Ich habe dich das erste Mal wahrgenommen, da schwammen wir noch in Mamas Gebärmutter..."

„Oh, Gott, bitte jetzt nicht sowas!" stöhnte Herr Schmidt.

„Sei nicht so respektlos – über Gott können wir später noch sprechen. Und du kannst eigentlich froh sein, dass ich es dir erzähle, denn du wirst dich sicherlich nicht mehr daran erinnern können. Wir - das heißt, eigentlich erst einmal nur ich - schwebten im warmen Fruchtwasser, wie immer, denn ich kannte nichts anderes. Unser Körper vibrierte in einer Tour, weil sich ständig neue Zellen teilten und ganz neue Spezialisierungen ausbildeten. Ich war eine gigantische, sich selbst verändernde, man könnte sagen: göttliche Baustelle. Hörst du mir noch zu?"

Herr Schmidt nickte unter seiner Decke. Nicht nur aus Höflichkeit, sondern aus schleichend wachsendem Interesse. Die Stimme hatte es tatsächlich geschafft, mit ihrer Geschichte seine Neugier zu wecken.

„Unser Körper veränderte sich in jeder Sekunde, du kannst dir gar nicht vorstellen, wie wundervoll aufeinander abgestimmt, wie reibungslos, wie glücklich sich diese Zeit für mich anfühlte. Unser Hirn, unsere Inneren Organe, unsere Gliedmaßen, alles entwickelte sich in einer rasenden Geschwindigkeit und in voller Harmonie. Die ganze Zeit über hörte ich Mamas Herzschlag und fühlte ihre Bewegungen und das Strömen ihres Blutes. Manchmal schien das milde Licht durch die Bauchdecke, manchmal war es einfach nur dunkel. Manchmal hörte ich ihre Stimme, manchmal auch die Stimme von Papa..."

„Die Stimme von Papa?", fragte Herr Schmidt ungläubig nach und zog sich die Decke vom Kopf. „Du kannst dich an die Stimme von Papa erinnern?"

„Ja, klar. Ich erinnere mich an alles, was ich jemals gehört, gerochen, geschmeckt, gesehen oder gefühlt habe. Damals in Mamas Bauch, wusste ich natürlich noch nicht, dass es die Stimme von Papa war, aber ich hatte schon verstanden, dass es eine besondere Stimme war, auf die Mama besonders empfindlich reagierte."

Herr Schmidt rieb sich den Schlaf aus den Augen und setzte sich auf. „Erzähl weiter!", hörte er sich denken. „Wann kam ich ins Spiel?"

„Gleich. Ich schwebte also weiter in meiner Blase des Glücks und wuchs und wuchs. Dann kam der Moment, als ich zum ersten Mal etwas Warmes, Sanftes auf Mamas Bauchdecke spüren konnte. Ich streckte unser linkes Bein dem Teil der Bauchdecke entgegen und hörte draußen Mamas Stimme, die mein Signal erfreut bemerkt hatte. Sie streichelte wieder ihren Bauch, diesmal an einer etwas anderen Ecke. Und plötzlich bewegte sich mein, entschuldige - unser linkes Bein zu der neuen Stelle der Bauchdecke. Und es war nicht meine Entscheidung, da bin ich mir sicher. Du warst erwacht."

„Was meinst du damit?"

„Na ja, vielleicht warst du auch schon vorher da, aber ich hatte dich nicht bemerkt, ich dachte bis zu diesem Moment, ich wäre mit mir allein."

„Und wie war das für dich, als du gemerkt hast, dass du nicht allein warst?"

„Natürlich erst einmal ungewohnt, aber auch gut. Vorher stellte sich die Frage für mich gar nicht, aber wenn man erst einmal verstanden hat, dass es ein Zusammensein gibt, ist allein zu sein wohl das einzig Schlimme, was einem passieren kann, selbst wenn man im Paradies schwimmt."

„Hm." Herr Schmidt dachte darüber nach, ob er sich eigentlich allein in seinem Leben gefühlt hatte. Nein, ganz im Gegenteil. Es gab immer mindestens seine Mutter. Und er hätte sich gewünscht endlich einmal allein sein zu können. Was für eine merkwürdige Welt.

„Ja, unsere Welt ist in sich wirklich sehr widersprüchlich, allerdings heißt das nicht, dass wir sie nicht gemeinsam verstehen oder sogar genießen könnten."

„Was meinst du damit?" Herr Schmidt stand auf und wanderte zur Toilette. Er hatte sich endlich auf die Möglichkeit eingelassen, beim Zuhören auch andere Dinge verrichten zu können.

„Du hast in unserem Leben so oft ein Buch zur Hand genommen, um mehr über die Welt zu erfahren. Ich habe alle Information in unserem Gedächtnis abgespeichert und immer wieder mit unseren Erfahrungen und deinen Entscheidungen abgeglichen. Aus der evolutionstheoretischen Ecke kam der Ansatz, dass sich jedes Lebewesen ständig im Spannungsfeld des Lebens bewähren muss. Seine Anpassungsfähigkeit steht dabei auf zwei Säulen: der Stabilität und der Innovation. Die beiden Säulen stehen sich jedoch theoretisch spinnefeind gegenüber. Die Stabilität will nicht, dass die Innovation an ihr sägt und die Innovation will nicht, dass die Stabilität sie ständig ausbremst. Man könnte auch sagen, ich stehe für die Stabilität und du solltest eigentlich für die Innovation stehen. Während der Zeit, in der wir noch nicht im Kontakt miteinander waren, haben wir evolutionstheoretisch ein Desaster erzeugt. Keine Fortpflanzung, keine neue Bindungsfähigkeit, keine Ambition zur Weitergabe von Wissen."

„Moment mal, das hört sich jetzt aber sehr einseitig an..."

„Weil unser Leben leider so einseitig ist. Und glaube mir, das gefällt mir auch überhaupt nicht. Wir haben in den letzten Jahrzehnten so viele Zusammenhänge verwechselt und verdreht, dass es eine große Kraftanstrengung von uns beiden braucht, um unser Leben wieder ins Lot zu bringen."

Herr Schmidt war inzwischen in der Küche angekommen. Ihn ließ der Gedanke nicht mehr los, dass er die Säule der Innovation sein sollte. Das Neue – kein besonders verlockender Gedanke, obwohl – ja, obwohl er ja das Neue wollte und auch noch will. Er hatte sich entschlossen, die Poppenbüttler Hölle zu verlassen. Er hat es getan. Er war jetzt in seinem neuen Zuhause auf diesem neuen Planeten namens St. Pauli. Leider auch mit einem neuen Buckelgeist an Bord. Mit dieser Mückenstimme, die in seinem Kopf surrte und so tat, als wäre sie ein ausgewachsener Elefant.

„Ja. ich bin ein Elefant. Groß und kraftvoll und mit einem Gedächtnis, das nichts vergisst. Nenne mich gerne deinen Elefanten. Aber vergiss dabei nicht, ich bin DEIN Elefant. Nicht irgendeiner, sondern deiner – nur deiner."

„Und wer bin dann ich?" fragte Herr Schmidt, während er den Kühlschrank etwas deprimiert wieder schloss. Er hatte zwar Hunger, aber trotz der Fülle seines gestrigen Einkaufs, sprach ihn nichts wirklich an.

„Du bist derjenige, der die Richtung vorgibt, der nach vorne schaut, der mir die neuen Möglichkeiten aufzeigt, die ich auf meinen Trampelpfaden durch den Dschungel des Lebens nicht sehen kann."

„Also so etwas wie ein Reiter."

„Von mir aus. Sei mein Reiter. Ja, sein mein Reiter der nie wieder vergisst, dass er nicht allein unterwegs sein kann."

Herr Schmidt sah das Bild vom Dschungel des Lebens und ihm wurde klar, dass ein Elefant als Gefährte nicht die schlechteste Wahl war. Es hatte schon etwas Beruhigendes auf dem größten an Land lebenden Tier in drei Meter Höhe zu sitzen, wenn man schon durch den verdammten Dschungel muss. Ausgewachsene Elefanten haben keine Fressfeinde und sie sind als Vegetarier im wahrsten Sinne sozial korrekt. Er fing an, sich mit diesem Bild anzufreunden. Ein Elefantenreiter. Wollte er ein Elefantenreiter sein?

„Wenn ich ein Elefant bin, bleibt dir gar nichts anderes übrig."

„Gut, dann machen wir jetzt einen Ausritt ins Viertel – ich brauche jetzt einen anständigen Kaffee und was sonst noch so dazu gehört."

Kapitel 4: Frühstück mit Elefant

Es ist gar nicht so einfach auf St. Pauli ein anständiges Cafe´ zu finden, dass schon vor 10 Uhr morgens geöffnet hat. Aber Herr Schmidt und sein Elefant hatten es ja nicht eilig und ihre touristische Demut wurde schließlich belohnt, als sie zum Café Latte in der Wohlwillstraße kamen. Es roch nach frischem Kaffee und süßem Gebäck. Außer ihnen saß nur ein junges Pärchen an einem Tisch in der Ecke. Die beiden schienen frisch verliebt und machten den Eindruck, als ob sie die Nacht durchgemacht hätten. Er kasperte mit dem Löffel und dem gekochtem Ei herum und sie kicherte dabei in einer Tour.

Herr Schmidt starrte die beiden so intensiv an, dass er gar nicht bemerkte, dass inzwischen eine müde lächelnde Bedienung zu ihm gekommen war.

„Gute Morgen.", sagte sie mit leiser Stimme und offensichtlichem Migrationshintergrund. „Was möchte Sie?"

Er fuhr herum. Die Bedienung verlor ihr Lächeln, denn jetzt starrte Herr Schmidt sie an.
„Bist du neidisch?" hörte Herr Schmidt seinen Elefanten fragen.
„Nein! Oder doch – leider!", entgegnete Herr Schmidt laut.

Die Bedienung war irritiert. „Was bitte?"

„Ach, nein, Entschuldigung, ich hatte nur mit mir selbst gesprochen. Ich hätte gerne einen Latte Macchiato und ein kleines Frühstück ohne Ziegenkäse."

„Eine Latte Macchiato - und wir habe keine Ziegenkäse. Leider."

„Macht nichts, nehme ich trotzdem, also das kleine Frühstück, meine ich."

„Kleine Frühstück? Und eine Latte Macchiato - gut." Sie ging erleichtert von dannen.
Herr Schmidt schaute ihr etwas betrübt hinterher.
„Mach dir keine Sorgen, du wirst dich daran gewöhnen. Den Unterschied von Denken und laut Sprechen hast du schon vor 36 Jahren, 9 Monaten, 14 Tagen, 21 Stunden, 34 Minuten und 18 Sekunden gelernt."

„Was meinst du?"

„Damals waren wir mit Mama und Papa einkaufen. Sie hatten sich gerade mal wieder gestritten und die Spannung hing noch in der Luft. Papa wollte uns einen Lolli kaufen, worauf Mama ihn sofort anzickte, dass er uns nicht mit ungesundem Süßkram vergiften soll. Sie fauchte ihn weiter an und du warst so mutig, ihr zu sagen, dass sie hässlich sei, worauf sie uns sofort eine schallende Ohrfeige gab und uns drohte, dass sie so etwas nie wieder hören will."

„Ja, vielleicht erinnere ich mich ganz wage. Papa schaute mich danach traurig an, aber er wagte nicht, mich zu trösten oder?"

„Ja, er war geschockt und handlungsunfähig – wie so oft in seinem Leben."

Herr Schmidt starrte wieder auf das verliebte Pärchen. Er fragte sich, wie alt sie wohl waren. Wie lange sie sich schon kennen würden. Wie lange sie wohl noch zusammenbleiben würden. Wie es sich wohl anfühlt, verliebt zu sein.

„Du warst auch mal verliebt, erinnerst du dich noch?"

„Was? Nein! Wann soll das gewesen sein?"

„Vor 31 Jahren, 6 Monaten, 4 Tagen, 2 Stunden, 2 Minuten und 41 Sekunden."

„Können wir uns darauf einigen, dass du einfach sagst wie alt ich war?"

„Du warst 8 Jahre, 5 Monate, 26 Tage, 17 Stunden..."

Stopp! Reicht schon. Ich war also fast achteinhalb. Und in wen war ich verliebt?"

„Marianne Kirschner, goldblonde Haare, zwei Zöpfe, blaue Augen, kleines Stupsnäschen mit vielen Sommersprossen, rotes Kleid mit weißen Tupfen. Sie ging eine Klasse über uns und du hattest dich sofort in sie verliebt, als du sie das erste Mal sahst. Sie kam uns auf der Treppe im Schulgebäude entgegen und danach hast du dir in einer Tour Gedanken gemacht, wie du sie beeindrucken könntest. Erinnerst du dich? "

„Nein, sorry, keine Spur. Aber warum sagst du nicht, WIR waren in sie verliebt?"

„Weil ich es nicht war. In jemanden verliebt zu sein ist keine Gewohnheit, es ist ein kreativer Prozess, der sich jeden Tag erneuert. Erst wenn es zwei Verliebte gibt und sich die beiden aneinander gewöhnt haben, fangen die automatischen Prozesse an und ich komme ins Spiel. Aber soweit sind wir nie gekommen."

„Haben wir Mama nicht geliebt?"

„Doch schon, Die ersten 15 Monate, 2 Wochen, 7 Tage, 3 Stunden, 24 Minuten und 26 Sekunden..."

„Und dann?"

„Mama hatte uns in unser kleines Zimmer eingesperrt und abgeschlossen, weil sie wohl nicht gestört werden wollte und wir hatten 12 Minuten und 36 Sekunden später einen kleinen Unfall mit der Murmelbahn. Ich hatte geschrieen so lange und laut es ging und du hast versucht irgendwie die Tür aufzukriegen, aber Mama hat 2 Stunden, 14 Minuten und 52 Sekunden nicht reagiert. Da fingen wir an, uns von ihr zu entfremden. Als sie endlich kam, waren wir beide so tief enttäuscht, dass wir sie in den ersten 8 Minuten, 13 Sekunden..."

„Kannst du bitte auf die Stellen hinter dem Komma verzichten?"

„Okay, wenn du meinst. Auf jeden haben wir Mama dann 8 Minuten ignoriert, bis sie es nicht mehr ausgehalten hatte und wieder einmal glaubte, uns anschreien zu müssen."

„Und von da an haben wir sie nicht mehr geliebt?"

„Nicht mehr bedingungslos! Man könnte sagen, ab da haben wir uns immer weiter von ihr entfernt. Ich hatte wegen ihrer Wutausbrüche und Ohrfeigen angefangen, für uns eine dicke Haut zu entwickeln, unglücklicherweise wahrscheinlich so gut, dass du leider fast 40 Jahre gebraucht hast, um endlich von ihr los zu kommen."

Herr Schmidt, merkte, dass ihn das Gespräch mit seinem Elefanten immer wieder überforderte. Bis jetzt glaubte er, gegen Selbstvorwürfe und Schuldgefühle gut gewappnet gewesen zu sein, aber mehr und mehr fiel ihm auf, dass er sie einfach nur rigoros unterdrückt hatte.

„Aber jetzt hast du ja mich an Bord!", hört er die Stimme seines Elefanten, während die immer noch nicht wieder müde lächelnde Bedienung mit dem Frühstück und seinem Latte Macchiato an den Tisch kam. Herr Schmidt versuchte ein entschuldigendes Grinsen aufzusetzen und bedankte sich überschwänglich, was die Bedienung jedoch nur noch weiter irritierte.

„Das hatte auch bei Marianne damals nicht funktioniert.", sagte sein Elefant.

„Was meinst du?"

„Na ja, damals, vor fast 32 Jahren, warst du auf die Idee gekommen, Mary imponieren zu wollen, in dem du..."

„Wie, Mary?" Herr Schmidt wurde plötzlich von Bildern aus seiner Vergangenheit überflutet. Mary in ihrem roten Kleid mit den weißen Tupfen auf dem Schulhof, Mary beim Sportunterricht in ihrem lila Gymnastikanzug, Mary auf der Eisbahn mit ihrer roten Pudelmütze mit dem weißen Bommel. Mary mit ihrer niedlichen Stupsnase und diesem geheimnisvollen, supersüßen Blick. Sein Herz klopfte so heftig wie damals.

„Jetzt erinnere ich mich! Ich war wirklich sehr verliebt, aber sie hat mich nicht mal wahrgenommen. Bis ich ihr an dem einen Tag, an dem sie mir alleine auf der Treppe entgegen kam, spontan den Weg versperrte. Nur leider ging das voll in die Hose. Sie schrie mich an, was mich jedoch nicht dazu brachte, aufzuhören..."

„Na ja, wir waren es ja von Mama gewohnt, angeschrieen zu werden..."

„Dann fing sie leider an zu weinen..."

„Und du warst total schockiert und wolltest sie trösten, worauf sie sich losriss und die Treppe hinunterfiel..."

„Ja, genau, es war schrecklich..."

„Du wolltest dann einfach nur weglaufen, aber wir sind dabei glücklicherweise Frau Bernhard in die Arme gelaufen und haben ihr schnell gesagt, dass es ein Unfall auf der Treppe gab..."

„Weswegen es hinterher kein ganz großes Drama gab..."

„Jedenfalls nicht für uns, aber Mary hatte einen komplizierten Beinbruch und läuft deswegen wahrscheinlich immer noch mit dem Rest eines Traumas durch ihr Leben..."

„Ich wollte mich ja entschuldigen..."

„Ja, wir hatten sie mit Papa im Krankenhaus besucht, aber ihre Mutter wollte nicht, dass du ihr den kleinen Blumenstrauß gibst. Papa versuchte dich zu trösten, aber du hast ihn nicht an dich rangelassen..."

„Papa, mein Gott... meinst du, dass er noch lebt?" Herr Schmidt nahm endlich einen Schluck von seinem Latte, der inzwischen nur noch lauwarm war.

„Keine Ahnung. Meine letzte Erinnerung ist gut 4 Jahre alt, da haben Mama und Tante Barbara über ihn gesprochen als wir ins Wohnzimmer kamen."

„Was haben sie gesagt?"

„Nicht viel, sie haben nicht lange weiter gesprochen, als sie merkten, dass wir im Zimmer waren. Ich glaube, ein Bekannter von Tante Barbara hatte etwas von ihm gehört. Vermisst du ihn?"

„Ich bin nicht sicher. Ich kann mich kaum an ihn erinnern. Mir fallen nur sofort die Star-wars-Sammelgläser ein und hinter denen verstecken sich alle anderen Erinnerungen. Aber warum fragst du mich, ob ihn vermisse? Du sagtest doch, du weißt alles über mich?"

„Weil es keine Rolle spielt, was ICH glaube, über deine Vergangenheit zu wissen – entscheidend für unsere Zukunft ist das, was du glaubst! Aber vielleicht solltest du jetzt erst einmal anfangen, etwas zu essen – unser Magen knurrt schon mächtig."

Herr Schmidt biss halbherzig in sein Marmeladenbrot und schaute sich um. Das verliebte Pärchen saß immer noch an seinem Tisch in der Ecke. Sie hatte sich inzwischen an seine Brust gekuschelt und beide hatten ihre Augen geschlossen. Was für ein schönes Bild des gemeinsamen Schweigens. Ihnen schien nichts zu fehlen, so harmonisch. Herrn Schmidt fiel dabei wieder die Beschreibung seines Elefanten von der Zeit in der Fruchtblase ein. Die perfekte Harmonie, während die göttliche Baustelle ein Wunderwerk des Lebens in den Auslieferungszustand brachte. Und auch kein Wunder, dass sich alle Menschen nach diesem Glück wieder zurücksehnen. Er selbst war eigentlich auch so ein Wunderwerk des Lebens, entsprungen aus dem Schoß seiner Mama, die er allerdings mehr und mehr hasste, obwohl dieser Hass genauso ungerecht war, wie sein Hass auf das schlechte Design der Star-Wars-Sammelgläser. Wenn er ehrlich war, fing er auch an, sich selbst immer mehr zu hassen. Wie konnte er all die Jahre so blind sein, so taub, so ignorant, so unterwürfig, so dumm und dabei trotzdem so selbstzufrieden sein?

„Du hast getan, was du tun konntest. Und du hattest fast immer eine gute Absicht dabei. Also, gräme dich nicht weiter und schaue nach vorne. Selbstmitleid ist nämlich keine Lösung und verschlimmert nur unsere Situation."

Herr Schmidt merkte, wie er sich auch über seinen Elefanten ärgerte, besonders wenn er so kluge Sprüche absonderte und dabei noch Recht hatte. Aber er konnte nicht mehr weglaufen, nicht mehr verdrängen, sich nicht mehr in seine logischen Pseudofantasien flüchten. Weil er dies all die Jahre so gut praktiziert hatte, brauchte er wohl die Stimme in seinem Kopf. Vielleicht war es sogar seine letzte Chance, um nicht ganz in eine Fantasiewelt einzutauchen, aus der es kein Zurück mehr gab.

„Ja, vielleicht bin ich deine letzte Rettung, aber auch darüber solltest du dir jetzt nicht unseren Kopf zerbrechen. Denke lieber an gleich, an Morgen, an unsere Zukunft! Du bist mein Reiter, der nach vorne schaut - vergesse das nicht wieder bei jeder Gelegenheit."

Herr Schmidt biss wieder von seinem Marmeladenbrot ab und kaute bedächtig.
„Was hast du damit vorhin gemeint, als du sagtest, ich hatte FAST immer eine gute Absicht bei dem, was ich tat?"

„Na ja FAST bedeutet, dass du 2.217.324 bewusst entschiedene Taten in unserem Leben durchgeführt hast und..."

Herr Schmidt hielt inne.
„Was, du hast jede meiner Taten gezählt?", sagte er laut mit vollem Mund und fuhr dann in Gedanken fort: „Wie hast du das gemacht? Bist du ein automatisches Zählwerk?"

„So könnte man es ausdrücken."

„Das heißt ich habe in 40 Jahren, 2.217.324, also so geschätzt ungefähr 150 bewusste Taten am Tag in meinem Leben vollbracht?"
„Ja, allerdings in den ersten Jahren eher mehr und jetzt immer weniger."

„Und wie viel davon nicht mit guter Absicht?"

„In den ersten 3 bis 5 Jahren gab es ja für dich noch so viel zu entdecken, was wirklich gut oder schlecht war, deshalb kann ich das nicht so genau sagen, aber mit eindeutig schlechter Absicht waren das nur 137."

„Du meinst, ich habe 137 mal in meinem Leben etwas Schlechtes getan?"

„Nicht ganz. Ich meine damit, du hast 137 mal in unserem Leben etwas getan, um jemand anderem was Schlechtes zu wollen. Also mit Vorsatz!"

„Ist das viel?"

„Ich habe keine Ahnung. Wir Elefanten sind leider nicht so zahlenorientiert miteinander vernetzt, wie ihr Reiter. Aber 137 von 2.217.324 hört sich nicht nach besonders viel an."

Herr Schmidt musste sich mehr und mehr eingestehen, dass sein Elefant wirklich ein Wunderwerk des Lebens war. Ein lebendiges, auskunftsfreundliches Hochleistungs-Gedächtnis, das 24 Stunden am Tag mit bester Absicht versuchte, sein Leben zu sichern. Eigentlich könnte er langsam einsehen, dass es vielleicht doch ein wahres Geschenk war, dass die Mücke ihn gestochen hatte.

„Das freut mich, dass du anfängst, in eine positive Richtung zu denken. Und wir haben heute ja auch noch Geburtstag. Gibt es noch irgendwelche Pläne deinerseits?"

„Pläne, unseren Geburtstag zu feiern? Ich wüsste nichts. Und du weißt doch auch, dass es in den letzten Jahren, nein in den letzten Jahrzehnten nie eine Geburtstagsfeier gab."

„Deine letzte Geburtstagsparty war dein 14. Geburtstag und der war ja wirklich ein Schuss in Ofen – erinnerst du dich noch?"

„Meinst du das Party-Disaster? Als niemand kam? Brauchen wir nicht mehr drüber reden – bitte!"

„Aber Mama hat uns auch in den Jahren danach immer den kleinen Käsekuchen gebacken..."

„Der mit den Jahren immer trockener wurde..."

„Was du ihr aber nie gesagt hast! Sie glaubt wohl nach wie vor, dass ihr Kuchen dein Lieblingskuchen ist."

„Ja, stimmt – ich habe so viele Dinge in meinem Leben nicht gesagt, die ich wohl hätte sagen müssen..."

„Aber fange jetzt bitte nicht wieder an, dich in dieser Richtung selbst zu bemitleiden!"

„Das war gar nicht meine Absicht! Ich brauche eben noch mehr Zeit zur Einsicht, zum Verstehen, wie katastrophal ich mein Leben wirklich geführt habe."

„Also neben dem trocknen Kuchen hat Mama auch jedes Jahr mit Tante Barbara zusammen für uns ein Geburtstaglied gesungen. Und ich fand immer, sie haben das gut gemacht!"

„Ja, das stimmt. Ihre dunkle Stimme zusammen mit der hellen von Tante Barbara – das passte gut zusammen. Wahrscheinlich, haben sie schon den Anrufbeantworter besungen."

„Heißt dass, du willst jetzt nach Hause?"

Kapitel 5: Invasion der Angst

Herr Schmidt hatte insgeheim gehofft, wieder dem blonden Engel im Treppenhaus zu begegnen. Aber diesmal war ihm das Glück nicht hold. Aber zu seiner Überraschung stand vor seiner Wohnungstür ein Paket mit zwei Luftballons und einer offensichtlichen Geburtstagskarte. Er sah sich die Karte genauer an und erkannte die Handschrift seiner Mutter. Mit zittrigen Händen wollte er sie gleich aufklappen und lesen, entschied sich dann aber anders, schloss die Wohnungstür auf und spähte vorsichtig in seine Wohnung. „Hallo? Ist hier jemand?" rief er vorsichtig halblaut.

„Dann wäre doch die Tür nicht abgeschlossen oder glaubst du, Mama wäre rein gegangen und hätte sich dann eingeschlossen?"

„Vielleicht hast du Recht und ich bin ein bisschen paranoid, aber irgendetwas stimmt hier nicht."

„Ja, und zwar mit dir. Du bekommst ein Geburtsgeschenk von deiner Mutter, die dich persönlich sehen wollte, und du fühlst dich bedroht und verfolgt."

„Vielleicht weil mir mein Elefant, der sich als Mücke durch mein Ohr in meinen Kopf geschlichen hat und mir in wenigen Stunden so gruselige Geschichten über meine Mutter erzählt hat, dass ich halt ein bisschen misstrauisch geworden bin."

„Was soll's – lass uns nicht streiten, gehen wir rein. Nimmst du das Paket mit?"

Herr Schmidt nahm das Paket auf und runzelte die Stirn. „Was da wohl drin ist? So groß aber nicht besonders schwer!"

„Werden wir ja gleich sehen, wenn du endlich rein gehen würdest und es auspackst."

Herr Schmidt zuckte mit den Schultern und ging vorsichtig in den Flur. Er schaute ins Wohnzimmer und sah, dass der Anrufbeantworter dreimal blinkte. Dann ging er zur Tür vom Schlafzimmer, spähte hinein, konnte aber nichts Verdächtiges entdecken. Sicherheitshalber schaute er auch noch einmal kurz in sein Arbeitszimmer, aber auch da kein Anzeichen eines unbefugten Eindringens.

Er kontrollierte gerade das Badezimmer, als plötzlich ein vertrauter, aber nicht geliebter Geruch in seine Nase stieg. Eine Spur des Rauches der Mentholzigaretten seiner Mutter. Er erschrak und erstarrte schlagartig zur Salzsäule. Seine Halsflecken fingen sofort an zu feuern und sein Herz schlug ihm bis zu den Ohren.

„Entspann dich!", hört er seinen Elefanten leise sagen. „Vielleicht war sie hier drinnen, aber sie ist jetzt bestimmt nicht mehr da, sonst wäre die Wohnungstür nicht abgeschlossen gewesen. Glaub mir einfach!"

Herr Schmidt hörte die Stimme seines Elefanten nur noch in vager Ferne. Wenn er nicht noch das Paket in beiden Händen gehalten hätte, wäre er schon längst spontan zur Wohnungstür gelaufen, um aus diesem Albtraum zu flüchten. Die Poppenbüttler Hölle hatte ihn eingeholt. Er war hier nicht sicher und würde auch in Zukunft nirgendwo sicher sein!

„Jetzt atme erst einmal tief durch und denke an etwas anderes!
Hänschen klein, ging allein
In die weite Welt hinein..."

Herr Schmidt konnte nicht anders - er musste plötzlich schmunzeln. Aber er wusste nicht, warum.
„Dass hat Papa uns immer grinsend vorgesungen, wenn ihm sonst nichts mehr einfiel und Mama im Fauchmodus war. Als wir ganz klein waren, hat er uns dann in den Schutz seiner Arme genommen und ist oft mit uns in den Garten gegangen."

Herr Schmidt summte die Melodie mit und gewann an Entschlossenheit, wagte die letzten Schritte zur Küche und linste um die Ecke. Niemand war zu sehen, aber auf dem Küchentisch stand ein Käsekuchen, auf dem eine kleine Kerze fast herunter gebrannt war.

„Siehst du? Genau wie ich gesagt habe."

„Aber sie war hier drinnen! Sie war in meiner Wohnung und ich hätte auch hier drinnen sein können."

„Nicht, wenn du die Türkette benutzen würdest."

„Wie soll ich die Kette benutzen, wenn ich gar nicht da bin? Dann käme ich nicht wieder rein!"

„Ich meine ja nur, dass du sie vorher hättest benutzen können, wenn wir da gewesen wären, dann wäre sie gar nicht rein gekommen. Aber viel wichtiger ist, dass du die Kette jetzt benutzt, denn wenn du es noch ein paar Mal machst, dann wird es eine Gewohnheit und dann mache ich es für dich! Außerdem könnte Mama ja auch irgendwo draußen gelauert haben und jetzt gerade vor der Wohnungstür sein, um wieder rein zu kommen."

Herr Schmidt warf das Paket auf den Küchentisch neben den Kuchen, rannte zur Wohnungstür und schob hektisch die Kette in den Riegel.

„Deine Nerven liegen echt blank!", hörte er seinen Elefanten sagen.

Herr Schmidt schloss die Augen, während er erschöpft mit dem Rücken an der Wohnungstür lehnte. „Ich weiß nicht, ob ich dafür geschaffen bin.", hörte er sich denken, als es plötzlich an der Haustür klingelte. Erneut feuerten seine Halsflecken, sein Herz raste und alles in ihm wollte wieder zur Salzsäule erstarren.

„Nein, so geht das nicht weiter! Du kannst dich jetzt nicht bei jedem Kontakt mit der Außenwelt zu Tode erschrecken! Drück endlich den Summer und mache die Tür auf! Wenn es Mama ist, dann ist sie es eben! Sie wird uns schon nicht fressen! Verdammt, du hast fast vierzig Jahre mit ihr zusammengewohnt und jetzt will sie uns nur zum Geburtstag gratulieren!" So hatte er seinen Elefanten noch nie gehört. So energisch und fast schon wütend. „Ich werde dir beistehen, du bist nicht mehr allein, du bist nie wieder allein!"

Herr Schmidt überlegte und überlegte, aber seine Gedanken kreisten nur um ihn herum – ohne Anfang, ohne Ende, ohne Sinn.

„Okay, auf deine Verantwortung!" presste er irgendwann heraus. Er drehte sich mühsam um und drückte auf den Summer. Dann atmete er tief durch, schob die Kette aus ihrem Riegel, atmete noch einmal tief durch und öffnete vorsichtig die Wohnungstür. Vor der Wohnungstür stand niemand. Also ging er leise zwei Schritte ins Treppenhaus, um zu horchen, ob jemand die Stufen hinaufkam, aber er hörte nichts. Es war einfach nur still. Und es blieb still.

„Du wartest jetzt schon fast 5 Minuten, da kommt keiner mehr."

Herr Schmidt war verwirrt. Vielleicht war es nur ein Klingelstreich oder eine Halluzination, die sein Elefant auch nicht erkennen konnte. Er schaute noch ein letztes Mal über das Treppengeländer nach unten, kehrte um und ging wieder in seine Wohnung.

„Rufe sie einfach mal an – Angriff ist die beste Verteidigung!", hörte er seinen Elefanten sagen.

„Okay, aber nicht jetzt gleich!", hörte er sich denken. „Erst einmal brauche ich eine kleine Pause und in der Küche muss mal gelüftet werden."

Auf dem Balkon fand er zwei Zigarettenstummel seiner Mutter, ausgedrückt an der Ecke des Geländers. Wie in einem Krimi aus den Sechzigern untersuchte er die Spuren des Tatortes. War sie allein? Wahrscheinlich nicht, sonst hätte sie wahrscheinlich eiskalt in der Wohnung geraucht. Vermutlich hatte Tante Barbara sie gebeten, draußen zu rauchen, wahrscheinlich mit geöffneter Balkontür. Sie hatten geklingelt oder sind vielleicht sogar ohne zu klingeln in seine Wohnung eingedrungen, um ihn zu überraschen. Dann waren sie überrascht und Mama vielleicht sogar empört, dass er nicht da war, dass er schon zwei Tage nach seinem Auszug ein eigenes Leben führte. Sie musste ihren Ärger wohl kompensieren, also steckte sie sich eine an. Tante Barbara hatte möglicherweise vorgeschlagen, die Kerze auf dem Kuchen anzuzünden, um ihn oder besser seine Seele anzulocken. Sie hatte eine ausgeprägte esoterische Ader. Vielleicht hat sie auch noch diverse Hilfsgeister angerufen und die Botschaft empfangen, solange zu warten, bis die Kerze runter gebrannt war. In der Zeit konnte Mama noch eine weitere Zigarette rauchen und dann sind sie schließlich abgezischt.

„Bravo Sherlock Schmidt! Und warum hat sie das Paket und die Karte dann draußen vor der Tür platziert und nicht in der Küche neben dem Kuchen?"

„Keine Ahnung, sie waren drinnen, wollte dann vielleicht aber den Eindruck erwecken, dass sie nicht rein gegangen sind. Vielleicht wollten sie ihre Respektlosigkeit irgendwie tarnen und das ist dabei raus gekommen - Mama war noch nie besonders logisch."

„Mag sein. Aber warum weiter spekulieren? Vielleicht hörst du einfach mal den Anrufbeantworter ab, liest dir ihre Karte durch und öffnest das Paket?"

Das Paket! Er hatte es ganz vergessen. Es hatte leicht gescheppert, als er es unsanft auf den Küchentisch ablegte. Und die Karte und der Anrufbeantworter, er hat drei neue Nachrichten gespeichert. Nur, was als erstes?

„Ich würde erst einmal den Anrufbeantworter abhören, dann die Karte lesen und vielleicht kannst du dich mit dem Geschenk dann wieder versöhnen."

Herr Schmidt ging zum Anrufbeantworter und drückte den Wiedergabeknopf.

„Jungchen, nun melde dich endlich! Das kannst du doch deiner armen Mutter nicht antun! Morgen hast du Geburtstag und ich weiß noch nicht einmal, ob du noch lebst! Willst du denn, dass ich mich für immer schuldig fühle, dass ich dich einfach so habe gehen lassen? Jungchen, tu mir das nicht an und ruf deine Mutter endlich zurück!"
Beep beep beep.
„Wie schöööön, dass du geboren bist! Wir hätten dich sonst sehr vermisst! Alles Gute zum Geburtstag, aber dass du dich einfach nicht zurückmeldest, kann ich nicht akzeptieren! Wir kommen jetzt gleich bei dir vorbei und ich kann dir nur raten, dass du schon wach bist, wenn wir kommen!"
Beep beep beep.
„Olaf, hier spricht dein Vater. Ich kann mir vorstellen, dass du etwas überrascht bist, aber ich wollte dir ganz herzlich zum Geburtstag gratulieren. Lass dich schön von deinen Freunden feiern."

Herr Schmidt konnte es nicht fassen. Er drückte noch einmal auf Wiedergabe des letzten Anrufs.
„Olaf, hier spricht dein Vater."
Herr Schmidt drückte auf stopp.

„Glaubst du, dass er es ist?", fragte er seinen Elefanten.

„Ich glaube, ja."

„Ich habe keine Ahnung, wann ich das letzte Mal seine Stimme gehört habe."

„Vor etwas mehr als 25 Jahren."

„Das kann nicht sein, dass muss viel länger her sein! Ich war fünfzehn? Daran müsste ich mich doch erinnern. Was genau hat er mir gesagt?"

„Er sagte: Olaf, mein Junge, es tut mir leid, dass alles so gekommen ist und ich will mich jetzt nicht rausreden, vieles war auch mein Fehler. Ich war damals sehr jung als ich deine Mutter kennengelernt habe und ich hoffe, du wirst mir irgendwann verzeihen können, dass ich so wenig Zeit für dich hatte. Du wirst jetzt bald ein Mann sein und deinen eigenen Weg gehen. Und ich würde mich freuen, wenn sich unsere Wege wieder kreuzen könnten. Mein Haus wird immer für dich offen sein und wenn du zwischendurch etwas brauchst, dann melde dich - ich bin immer für dich da."

„Und was habe ich gesagt?"

„Natürlich nichts, denn das war auch nur eine Nachricht von ihm auf dem Anrufbeantworter bei Mama."

„Komisch, ich kann mich überhaupt nicht mehr daran erinnern."

„Mama hat es uns einmal vorgespielt und dann sofort gelöscht. Danach hat sie uns noch einen heftigen Vortrag darüber gehalten, was für ein unzuverlässiges, selbstsüchtiges, betrügerisches Dreckschwein unser Vater sei und dass wir froh sein können, wenn wir ihn nie wieder sehen werden. Und dann hat sie uns ins Kino eingeladen, mit viel Popkorn und allem Drum und Dran, damit wir ihr glauben konnten, dass sie immer für unser Glück sorgen wird und wir keinen Vater brauchen."

„Wirklich? Aber warum hat sie uns die Nachricht überhaupt vorgespielt? Ich meine, wenn wir nichts mehr von ihm gehört hätten, hätte sie auch nicht dagegen an arbeiten müssen."

„Wahrscheinlich genau deshalb. Sie genoss es doch jedes Mal, wenn sie vor uns auf Papa einprügeln konnte. Sie war eben nicht besonders logisch."

„Das habe ich alles verdrängt. Komplett! Was haben wir im Kino gesehen?"

„Terminator 2 - Tag der Abrechnung."

„Ach ja, ich erinnere mich wieder – Tante Barbara war doch auch mit und konnte den Film nicht ertragen."

„Nein, nicht ganz. Sie ist von vornherein nicht mit rein gegangen und Mama auch nicht – sie haben im Kino 4 Thelma & Louise geguckt, während wir allein mit Schwarzenegger im großen Kino 1 saßen."

„Echt? Thelma & Louise – ist das nicht so ein Emanzenfilm?"

„Ja!"

Herr Schmidt drückte wieder auf den Wiedergabeknopf.
„Ich kann mir vorstellen, dass du etwas überrascht bist,
aber ich wollte dir ganz herzlich zum Geburtstag gratulieren. Lass dich schön von deinen Freunden feiern."

Herr Schmidt fragte sich, was das alles zu bedeuten hat.
Wieso meldet sich sein Vater gerade jetzt nach 25 Jahren
wieder? Warum hat er sich nicht vorher gemeldet? Und
woher hatte sein Vater seine Telefonnummer? Er stellte
sich auch vor, was passiert wäre, wenn er da gewesen
wäre, als sein Vater angerufen hatte. Wenn er rangegan-
gen wäre, was hätte er ihm gesagt? Was hätte er von ihm
wissen wollen? Fragen über Fragen, auf die er keine
Antworten hatte. Auf die er sich vorbereiten müsste,
vielleicht nicht mehr rein auf Basis der Logik, aber
ernsthaft und konzentriert. Gründlich und gewissenhaft.
Und dafür bräuchte er eine Auszeit. Einen Überblick.
Sein blaues Büchlein. Jetzt gleich.
Er ging in die Küche, wo es neben dem Kühlschrank
seinen Platz hatte. Ihm kam ein beunruhigender Gedanke. Hatte seine Mutter oder Tante Barbara es vielleicht in
der Hand gehabt? Darin rumgeschnüffelt? Das wäre
dann jetzt nicht mehr zu ändern, aber er müsste in Zukunft mehr auf seine Privatsphäre achten. Er nahm das
Büchlein und setzte sich auf dem Balkon in seinen Gartenstuhl.

„Oh, Gott – ich habe vollkommen den Überblick verloren! Welche neuen Baustellen gibt es denn eigentlich in
diesem Chaos?", hörte er sich denken.

„Die Geburtstagskarte, das Geschenk, die Liste mit deinen 137 schlechten Absichten und genau - über Gott sollten wir auch noch mal sprechen!"

„Und Papa natürlich!"

Herr Schmidt notierte alle Punkte und schaute dann in den Himmel. Die Wolken zogen gemächlich am Firmament vorbei. Eine ständige Bewegung, die aber scheinbar keine Veränderung brachte. Immer neue Wolken, die ihm wie eine endlose Reihe unendlich belangsloser Variationen des Stillstandes vorkamen. Er fühlte sich entmutigt und verdammt schlecht, weil ihn jetzt sogar der Himmel deprimierte.

„Merkst du eigentlich, wie ungerecht und widersprüchlich du bist? Einerseits jammerst du, dass du vor lauter Baustellen keinen Überblick mehr hast. Und andererseits soll sich alles schlagartig und auf Knopfdruck verändern. Was du brauchst, ist Geduld!"

„Ich war immer geduldig und demütig – mein ganzes Leben lang! Das hast du mir ja selbst vorgeworfen!"

„Ja, aber merkst du nicht, wie du die Dinge verwechselst? Unser Leben ist gerade so unglaublich heftig in Bewegung geraten, da ist für dein Selbstmitleid kein Platz mehr."

„Bewegung? Es kommt mir alles eher wie ein gigantisches Zusammenbrechen vor!"

Plötzlich hörte er ein Rascheln aus der Küche. Ein vollkommen unbekanntes Rascheln. Leise und unregelmäßig – eher hektisch und auch ein bisschen unheimlich.

Er stand auf und näherte sich leise der Küche. Auf dem Küchentisch lagen immer noch der Käsekuchen mit der abgebrannten Kerze und daneben sein Geschenk. Er horchte. Das Geräusch schien direkt aus seinem Geschenk zu kommen. Ja, tatsächlich, aber was konnte das nur sein? Es hörte sich nicht wirklich bedrohlich an. Er begann vorsichtig an den Klebestreifen auf dem mintgrünen Geschenkpapier zu zupfen, worauf das leise Rascheln sofort verstummte. Herr Schmidt hielt inne.

„Nun bring es schon zu Ende und spann uns nicht weiter auf die Folter!", hörte er seinen Elefanten.

Er riss jetzt mit beiden Händen, aber immer noch vorsichtig, das Geschenkpapier auf. Zum Vorschein kamen orange-durchsichtige Plastikecken und kleine lila Gitterverstrebungen. Ein Käfig. Ein mittelgroßer, mit feinem Streu ausgelegter Nagetierkäfig. Und scheinbar bewohnt. Mit winzigem Futternapf, seitlich aufgehängtem Wasserspender, zwei kleinen Wohnhäuschen und Hamsterrad. Ein Hamsterkäfig. Kaum zu glauben – was sollte er mit einem Hamster? Wie, in Gottes Namen, kommt seine Mutter auf die Idee, ihm einen Hamster zu schenken?

„Du wolltest schon immer einen Hamster. Genau genommen einen Zwerghamster."

„Ach? Was heißt denn: SCHON IMMER?"

„Vor 35 Jahren, 8 Monaten, 3 Wochen, 4 Tagen, 6 Stunden, 12 Minuten und 23 Sekunden hast du dir einen Zwerghamster gewünscht und vielleicht hat Mama gedacht, dass du dir jetzt in deiner eigenen Wohnung endlich diesen Wunsch erfüllen möchtest."

„Sie hat vielleicht ihren Sinn für Humor nicht verloren, aber mir kommt es eher vor wie eine späte Rache."

„Vielleicht solltest du endlich ihre Karte lesen."

Herr Schmidt beobachtete immer noch den Käfig, um den Bewohner zu entdecken, aber der blieb in seinem Versteck. Er hatte noch nie ein Haustier gehabt und war sich auch noch nicht sicher, ob er jetzt eins würde haben wollen. Ein Wunsch, der erst nach 35 Jahren erfüllt wird, hat vielleicht einfach zu lange gebraucht, um noch Glück und Freude verbreiten zu können. Herr Schmidt nahm die Karte und klappte sie auf: „Mein lieber Junge, ich gratuliere dir von Herzen zu deinem 40. Geburtstag. Ich finde, du solltest langsam anfangen, für jemand anderes sorgen zu können. Ich hoffe, der Zwerghamster gefällt dir – er heißt Elvis. Deine dich immer liebende Mutter." Herr Schmidt runzelte die Stirn. „Elvis? Warum ausgerechnet Elvis?"

„Unser Vater war ein großer Fan von Elvis Presley."

„Häh? Ich verstehe den Zusammenhang nicht."

„Ich auch nicht wirklich, aber wie du schon sagtest, Mama ist eben eher impulsiv als logisch."

„Ich glaub eher, dass sie sich doch einfach wieder nur rächen will!"

Kapitel 6: Schandtaten-Liste 1

Herr Schmidt hatte einen weiteren Entschluss gefasst. Er entschied, dass es besser wäre, wenn er seinen Balkon nicht weiter unnötig mit seinem Problem- und Stresspotential verseuchen würde. Seine privaten Baustellen abzuarbeiten war eben auch Arbeit. Also ging er in sein Arbeitszimmer und richtete es her. Es brauchte nicht lange und die Schreibtischplatte lag auf ihren Böcken, die Computer standen links und rechts daneben und die Monitore auf dem Tisch. Er hatte alle Anschlüsse verkabelt und war somit in der Lage, aufkommende Fragen auch im Internet zu recherchieren. Obwohl er noch nicht wusste, ob er es tatsächlich machen sollte, schließlich war die Entdigitalisierung seines Privatlebens immer noch ein wichtiger Grundsatz in seinem Leben.

Die Liste mit den 137 schlechten Absichten konnte sehr viel schneller weitgehend abgearbeitet werden, als Herr Schmidt befürchtet hatte. Allein 42 Mal hatte er versucht, einem anderen Jungen aus dem Kindergarten zu schaden. Er hieß Bruno Garetzki und war kleiner, aber beliebter, schwächer, aber flinker und irgendwie auch klüger, denn aus den 42 Anschlagsversuchen waren zu guter Letzt nur 24 leichte Schäden entstanden: Zehn Schläge mit verschiedenen Sandspielzeugen, aus denen eine Schramme auf Brunos Stirn resultierte, sechs mal Schubsen, drei mal Beinstellen mit Hinfallen, zwei geklaute Süßigkeiten, zweimal Anschwärzen bei der Erzieherin und ein Biss ins Bein, nach dem Brunos Wade sogar geblutet hatte. Die anderen 18 Angriffe konnte Bruno durch flinkes Ausweichen vermeiden oder sogar kontern, viermal tat sich Herr Schmidt bei dem Versuch, Bruno zu verletzen, selbst weh. Was Herrn Schmidt jedoch am meisten irritierte, war, dass Bruno auch karottenfarbene Haare hatte. Das war also das Vorspiel zu seiner vergeigten Freundschaft mit Joachim Brentz. Vielleicht würde er irgendwann einmal versuchen, herauszufinden, was aus Bruno geworden ist, aber für's Erste konnte er sich mit seinen Erkenntnissen zu diesen Schandtaten versöhnen.

„Merkst du eigentlich, wenn du dich selbst verarschst?" fragte sein Elefant mit spitzem Ton.

„Was meinst du?"

„Ich weiß genau, dass du jetzt sehr gerne wissen möchtest, was aus Bruno Garetzki geworden ist. Ein paar Klicks und du würdest wahrscheinlich genug wissen, um dich und mich mit diesem Thema wirklich zu entspannen. Stattdessen entscheidest du dich dafür, wie ein verspannter Prinzipienreiter irgendeine verkackte Fassade aufrecht zu erhalten!"

Herr Schmidt verzog ärgerlich das Gesicht. „Sag einmal – wie sprichst du eigentlich mit mir?"

„Offen und ehrlich, würde ich sagen. Denn vielleicht hast du es noch nicht gemerkt, aber wir müssen langsam anfangen, mit unserer Energie gut hauszuhalten. Und deine Fassadenerhaltungstaktik kostet uns Unmengen an Energie."

Herr Schmidt murrte, aber er verstand leider auch ganz genau, was sein Elefant meinte. Er konnte nicht weitermachen wie vorher. Und dieser Entdigitalisierungs-Mythos war nicht wirklich logisch, weil es in der tiefen Logik keine Trennung zwischen Beruf und Privat geben kann. Erwerbs-Arbeit, also die Zeit, in der man Geld verdient, könnte man vom Privatleben sauber trennen, aber dann wäre das entscheidende Kriterium für die Wertigkeit des Lebens Geld. Und das widerstrebte ihm sehr. Er hatte nichts übrig für all die so genannten erfolgreichen Geschäftsmänner und -Frauen, die alle Mittel einsetzen, um sich jeden nur möglichen finanziellen Vorteil zu schaffen und alles andere hinten anstellten.

Herr Schmidt hat in seiner beruflichen Vergangenheit am eigenen Leib erlebt, was er bedeutet, systematisch unter Druck gesetzt, genötigt und erpresst zu werden. Er hatte vor Jahren eine Kundin mit Namen Gertraude Ausnutzke, die ihm mit viel Geschick vorschlug eine Partnerschaft einzugehen, um aus einer seiner wenigen kreativen Ideen, ein neues Software-Produkt zu entwickeln. Er glaubte, dass er endlich das große Los gezogen hatte, denn seine Partnerin war mit viel Geld ausgestattet und so machte er sich voller Elan ans Werk. Kaum hatte sich sein Produkt bei den ersten Kunden bewährt, fing sie an, ihn aus der gemeinsamen Firma zu mobben. Er stemmte sich zunächst empört dagegen, worauf sie ihm aber kurzerhand demonstrierte, dass sie bereit wäre, über jede Leiche zu gehen, für die sie nicht rechtlich belangt werden könnte. Allein Aufgrund ihrer finanziellen Möglichkeiten glaubte sie sich am längeren Hebel, denn Anwälte kosten Geld und gute Anwälte kosten viel Geld.

Er hatte damals tief mit sich gerungen, den für ihn kaum bezahlbaren Rechtsweg zu begehen, entschied sich aber dann doch dagegen, weil niemand wirklich voraussehen kann, wie lange ein Rechtsstreit andauert und wer hinterher die ganze Zeche zu bezahlen hat. Als er dann auch noch einsehen musste, dass es der Hexe Ausnutzke nicht wirklich ums Geld ging - davon hatte sie eigentlich genug, sondern um das Gefühl der Macht, willkürlich über ihn bestimmen zu können, zog er die Reißleine. Was war schon das Urheberrecht an einer Verwaltungssoftware gegen die Freiheit sich nicht mehr tagtäglich mit den Hochleistungs-Ärschen dieser Welt auseinander setzen zu müssen? Aber er war danach kuriert. Geld über alles zu stellen ging gar nicht, also konnte es für ihn auch keine logische Trennung zwischen Beruf und Privat geben.

Gertraude Ausnutzke war übrigens auch auf der Liste seiner Schandtaten vertreten. Er hatte einmal in Rage die Griffe ihrer Autotüren mit Hundescheiße voll geschmiert, aber diese Schandtat belastete ihn nicht weiter.

„Das ist ja alles hochinteressant, aber es sieht auch wieder nach deinem alten Muster aus. Moralische Entrüstung mit intellektueller Haarspalterei, um deinen Konflikten auszuweichen!", hörte er die Stimme seines Elefanten, immer noch deutlich verärgert.

„Ich glaube, es bringt uns beiden nichts, wenn jetzt auch du noch versuchst mich, unter Druck zu setzen. Sagtest du mir nicht vor kurzem, dass ich geduldig sein soll? Wie steht es da mit dir?" Herr Schmidt lächelte über seine Retourkutsche und gab dabei den Namen BRUNO GARETZKI bei der sicheren Suchmaschine DUCKDUCKGO ein. Er fand einen Bruno Garetzki, der als Fachanwalt für Gesellschaftsrecht in Braunschweig lebte.

Als er auf die angebotenen Fotos im Netz schaute, war er sofort sicher, dass er den Richtigen gefunden hatte: Brunos Haare waren zwar deutlich ausgedünnt, aber hatten immer noch einen kräftigen Rotstich.

„Und was soll ich jetzt machen?", fragte er in Gedanken seinen Elefanten.

„Nun ja, was immer du für angemessen hälst. Nimm es als Chance, mich ein kleines bisschen zu entlasten."

„Wie soll ich das denn verstehen?"

„Ist es dir immer noch nicht klar? Jede deiner Taten, die du mit negativer Absicht durchgeführt hast, habe ich zu tragen. Und jedes Mal, wenn du darüber hinwegsiehst, statt die Versöhnung oder Entschuldigung zu ermöglichen, erhöht sich das zu tragende Gewicht für mich enorm. Und das ist einfach ungerecht. Kannst du das nicht verstehen?"

„Doch, kann ich. Aber soll das heißen, dass ich mich auch noch bei der Hexe Ausnutzke dafür entschuldigen soll, dass ich ihre Autogriffe mit Scheiße eingeschmiert habe?"

„Hilfreich wäre es schon, weil wir sonst immer irgendwie an ihr hängen bleiben. Hast du nicht auch gemerkt, dass du eben in deinen Gedanken an sie schon wieder eine Spur wütend wurdest? Ich kann ja verstehen, dass du glaubst, dass sie sich bei uns zu entschuldigen hat, aber Unrecht wird nicht dadurch besser, dass man selbst Unrecht erzeugt. Und solange ist die Rechnung mit ihr noch offen und wirkt und gärt und wird für mich immer schwerer zu tragen."

„Heißt du mit Vornamen vielleicht JESUS? Ich meine, wo soll das hinführen?"

„Zu einem aufgeräumten Inneren. Zur Entspannung und Lebensfreude! Und zu einem neuen Umgang mit uns beiden. Du hast in den letzten Jahren ständig die anderen da draußen als Rechtfertigung benutzt, um mich zu ignorieren und standest uns damit vehement im Wege. Das kann nicht mehr so weiter gehen!"

Herr Schmidt verstand langsam das System, in dem er mit seinem Elefanten und der Umwelt in Verbindung stand. Alles, was und warum Menschen etwas tun, wirkt auch auf ihre Elefanten. Das hatte einerseits etwas Logisches und andererseits auch etwas Unheimliches. Eine unheimliche Nähe zur Vorstellung eines guten Gottes, die er bis jetzt immer konsequent vermieden hat.

„Ja, du fängst langsam wirklich an zu verstehen, aber über Gott selbst brauchen wir im Moment nicht weiter reden – dafür bist du noch nicht bereit."

„Woher willst du das wissen?", wollte er fragen, als er schon einsah, dass diese Frage vollkommen unnötig war. Sein Elefant hatte Recht, für den guten Gott war er noch nicht bereit.

„Außerdem steckt Gott in allem. Auch oder ganz besonders in den Kleinigkeiten, wie Entschuldigungen zu mailen oder jemandem beim Einkaufstütentragen zu helfen."

Herr Schmidt verstand die Anspielung auf den blonden Engel sofort, versuchte aber nicht darauf einzugehen.

„Also gut! Ich maile jetzt Bruno, dass es mir leid tut, dass ich ihn vor 35 Jahren im Kindergarten gemobbt und ihm in die Wade gebissen habe."

„Das hört sich gut an und wenn du das tatsächlich getan hast, hast du mir damit auch bewiesen, dass du nicht nur klug daherreden kannst, sondern auch etwas tust. Das ist der Beweis, dass du tatsächlich angefangen hast, zu verstehen."

Herr Schmidt lächelte. Die Email an Bruno war schnell geschrieben und er fühlte sich tatsächlich einige Gramm leichter. Dann suchte er nach der Hexe Ausnutzke und musste feststellen, dass sie schon gestorben war. Er hätte gern noch gewusst, ob an einem furchtbaren Darmkrebs mit schmerzhafter Endphase oder durch einen plötzlichen Unfalltod, aber er ließ diesen Gedanken dann gleich wieder los, weil er sofort merkte, wie er sich schon wieder in die falsche Richtung bewegte. Und egal, wie sie den Löffel abgegeben hat, sie würde niemanden mehr über´s Ohr hauen - diese Vorstellung reichte ihm.

38 seiner weiteren Anschläge richteten sich gegen 23 andere Kindergartenkinder im Alter zwischen 3 und 6 Jahren. 22 davon waren Mädchen. Auch das hatte er vollkommen verdrängt. Diese Statistik hatte leider noch einen anderen, bitteren Beigeschmack, weil er in seiner gesamten Kindergartenzeit insgesamt nur 22 Mädchen kennen gelernt hatte. Er hatte also 100% seiner weiblichen Kontakte im Kindergarten schädigen wollen. Die Anschlagsarten unterschieden sich nicht groß von den Attacken auf Bruno, deshalb waren sie wohl von den

Erzieherinnen – es gab damals keinen einzigen männlichen Erzieher – nicht als frauenfeindlich erkannt worden. Aber in der Rückschau war Herrn Schmidt klar, dass für seine Beziehung zu der Weiblichkeit dieser Welt schon früh die Weichen gestellt wurden. Konnte er dafür wirklich seine Mutter voll und ganz verantwortlich machen? Ja, wenn er ehrlich zu sich war, konnte er das nach wie vor. Wenngleich diese Beschuldigung seit seiner Erinnerung an den Zwischenfall mit Mary auf der Treppe nicht mehr besonders überzeugend war.

„Damals war Mama nicht da. Damals wollte ich die Chance nutzen und aus ihrer diktatorischen Präsenz ausbrechen. Nur, leider war ich zu ungeschickt, zu wenig einfühlsam und habe es schlicht und ergreifend verpatzt!", hörte er sich denken.

„Es war dein erster Versuch, aus ihrer Welt auszubrechen. Sozusagen der erste Tropfen auf den heißen Stein, den Mama natürlich sofort verdampfen ließ. Dir fehlte einfach der kühlende Schatten von Papa."

Herr Schmidt irritierte die kreative Metaphorik seines Elefanten. „Was meinst du damit?"

„Schade, dass dir meine blumigen Formulierungen nicht liegen, ich stehe ja auf die Bilder, die so viel mehr ausdrücken als 1000 Worte. Aber ich versuche es gern, es anders zu formulieren. Papas Einfluss auf dich unterscheidet sich massiv von seinem Einfluss auf mich. Ich habe ihn in unserem ersten Jahr sehr intensiv erlebt. Er war damals oft zuhause und ich war es sozusagen gewohnt, mit ihm zu leben und ihm zu vertrauen. Aber nach unserem ersten Geburtstag änderte sich unser Zusammenleben schlagartig. In den nächsten neun Jahren haben wir ihn insgesamt nur 12 Wochen, 4 Tage, 3 Stunden, 26 Minuten und 32 Sekunden erlebt. Dass heißt, du hattest nahezu keine Möglichkeit, dich in deiner Entwicklung an ihm als Vatermodell zu orientieren."

„Nicht einmal 3 Monate in 9 Jahren? Das ist irgendwie seltsam."

„Man könnte auch sagen: traurig."

„Dass heißt doch, dass sie sich nicht getrennt haben, als wir 10 Jahre alt waren, sondern 9 Jahre früher! Was weißt du eigentlich über Papa und seine Beziehung zu Mama?"

„Nicht viel, muss ich gestehen, mal abgesehen von den 1.674 Hass-Tiraden von Mama."

„1.674? Du hast Sie dir alle gemerkt?"

„Ich kann leider nicht anders. Ich merke mir alles."

„Wer könnte mehr wissen?"

„Papa natürlich."

„Ja, ich weiß, aber wer noch?"

„Wahrscheinlich Tante Barbara."

Herr Schmidt horchte auf. Tante Barbara stand auch auf seiner Schandtatenliste. 14 Mal. Immer aus dem gleichen Grund, er war eifersüchtig auf sie. Er hatte sie dreimal wütend getreten, zweimal angespuckt, sie drei Mal angeschwärzt und sechs Mal die Luft aus ihren Fahrradreifen gelassen. Aber diese 14 Schandtaten geschahen alle bevor er dreizehn Jahre alt war. Eigentlich mochte er Tante Barbara. Sie hatte einen guten Einfluss auf seine Mutter, was auch nicht überraschend war, schließlich war sie ja ihre jüngere Schwester.

„Du weißt aber schon, dass das so nicht ganz richtig ist oder?" fragte sein Elefant mit dünner Stimme.

„Was meinst du?" fragte Herr Schmidt träge in Gedanken nach.

„Nun ja, Tante Barbara und Mama sind nicht wirklich verwandt."

„Echt? Dann ist Tante Barbara in Wirklichkeit nur eine gute Freundin der Familie?"

„Warum sagen wir nicht, sie ist Mamas Freundin?"

„Wie Freundin? Natürlich Freundin, warum nicht oder?"
Herr Schmidt war irgendwie nicht sicher, ob er seinen Elefanten richtig verstanden hatte. Aber sein Elefant musste gar nichts sagen, denn langsam kamen die kleinen Feinheiten als kurze Sequenzen in seine Erinnerung. Wie sich seine Mutter mit Tante Barbara beim Spazierengehen an den Händen halten, wie sie sich kurz berühren im Badezimmer, wie sie sich mit einem liebevollen Kuss verabschieden. Damals hatte er sich dabei nie etwas gedacht, jetzt war er bestürzt.
Dann gewann das Erstaunen für einen Moment die Oberhand und zog ihn in den Schock des gefühlten Still-

standes. Es kam ihm vor, als wäre die Welt plötzlich stehen geblieben. Ja, die Welt stand still. Nichts bewegte sich mehr, außer ihm. Er stand langsam auf ging durch den Flur in die Küche zum Balkon. Die Balkontür war offen und er schaute hinaus. Auch hier draußen bewegte sich nichts. Keine Wolke am Himmel, kein Geräusch, das über die Schallwellen durch die Luft an sein Ohr drang, kein Blatt, das am Ast schwang. Das ganze Universum hielt still. Er trat auf den Balkon hinaus und fühlte, dass er genau jetzt im Mittelpunkt eines stillstehenden Universums stand, das sich jedoch nicht um ihn drehte. Und weil es sich nicht drehte, fand er zu sich selbst und vergaß das Universum für einen langen Moment. Es gab nur noch ihn. Ganz allein, ohne Raum, ohne Zeit. Und dieses Alleinsein rührte ihn zu stillen Tränen, die aus seinen eisgrauen Augen seine schmalen Wangen entlang zu seinem fliehenden Kinn liefen. An seiner Kinnspitze vereinigten sie sich zu einem größeren Tropfen, der sich löste und mit einem ohrenbetäubenden, dumpfen Knall auf den beschichteten Bodenbelag des Balkons aufschlug. WUUUUMMMMM.

„Du hast es echt nicht gewusst oder?"

Herr Schmidt schüttelte den Kopf. Ganz langsam, mit weit geöffnetem Mund.

„Das ist erstaunlich. Du bist erstaunlich. Du bist vielleicht das erstaunlichste Wesen auf diesem Planeten."

Herr Schmidt lächelte mild und schaute zum Himmel, an dem zwei Fusselwölkchen elegant nach Süden tanzten.

Kapitel 7: Der Engel

„ **D** ringdring!"
Es klingelte an der Haustür, aber Herr Schmidt erschreckte sich diesmal nicht. Er ging, immer noch ganz bei sich, durch die Küche den Flur entlang zur Haustür. Er schob mit Schwung den Türkettenriegel aus seiner Führung und öffnete die Tür.

Draußen stand zu seiner Überraschung der blonde Engel und lächelte etwas verlegen.
Herrn Schmidts frisch erworbene Gelassenheit sank sofort gegen null.

„Ja ahoi, ich wollte nicht stören, aber ich hatte gerade dieses laute Geräusch gehört – hörte sich an wie eine Explosion hier oben - ist etwas passiert?"

Herr Schmidt war nun auch irritiert. Er war davon ausgegangen, dass die laute Explosion seiner inneren Befreiung nicht in der realen Welt gehört werden konnte. Aber scheinbar war dem nicht so.
„Äh, äh – äh, nein... nein, das war nur so was wie ein... wie ein Soundcheck – ein Experiment, Entschuldigung, wenn das zu laut war..."

„Ach, nee! Zu laut gibt es ja eigentlich nicht." Sie lächelte immer noch verlegen. „Ich bin übrigens die Fee, also mein Name ist eigentlich Frederike, aber alle meine Freunde nennen mich Fee!"

„Schön. Äh... sehr schön. Ich bin der Olaf und äh... alle meine Freunde nennen mich Herr.. äh – Olaf."

Sie lachte. Hell, freundlich, golden. Und ihr Lachen stand ihr gut. Es passte genau zu ihrer märchenhaften Erscheinung aus offenen, goldenen Haaren, himmelblauen T-Shirt, dezent grün geringelter Wohlfühlhose und nackten Füßen. Herrn Schmidts Ohren begannen zu glühen, aber seine Halsflecken blieben still.
Fee schwang leicht vor ihm hin und her und hielt dabei mit ihrer einen die andere Hand fest.
„Und ... wie soll ich es sagen, vorhin, als ich oben auf dem Dachboden war, habe ich bei dir das Geschenk vor der Tür liegen sehen. Und die Ballons. Hast du heute Geburtstag? Ja? Dann würde ich nämlich gern einfach gratulieren. Ich finde Geburtstage einfach toll, obwohl das ja nicht besonders cool ist. Viele ganz arme Menschen, wissen aber nicht einmal, wann sie Geburtstag haben. Und viele reiche Menschen mögen ihre Geburtstage nicht, weil sie dann plötzlich ein Jahr älter sind, die Armen."

Herr Schmidt wusste nicht, was er dazu sagen sollte. Der goldene Fluss ihrer scheinbar spontan ausgesprochenen Gedanken führte ihn in ein Land, in dem er noch nie war.
„Sag einfach JA!", hörte er seinen Elefanten zischen. „Los, bevor sie dich für einen unheilbaren Vollidioten hält! Und mache den Mund zu, wenn du ihr zuhörst!"

„Ja, danke.", hörte er seine überraschend klare Stimme. „Und ich mag meinen Geburtstag auch sehr - besonders heute."

„Oh, das ist schön! Was hast du denn noch so vor? Machst du eine Party?"

„Nun, nicht direkt, ich ... ich wollte eigentlich... etwas machen – also etwas kochen, eigentlich, so nur für mich."
Herr Schmidt hörte seinen Elefanten, der ihn lobte: „Mach weiter, sei kreativ – das mögen Frauen!"

„Oh, kochen ist nicht so mein Fall. Ich hab nicht gerade das Händchen für den guten Geschmack auf der Zunge, aber dafür kann ich Haare schneiden."

„Ja toll, weil eigentlich wollte ich auch noch zum Friseur heute! Ich meine, du siehst ja, mit meinen Haaren auf dem Kopf ist nicht so viel los im Moment..."

„Stimmt, aber daraus ließe sich bestimmt was machen, glaube ich." Sie kam einen Schritt näher und fasste mit ihrer Hand in seine kartoffelfarbenen Zotteln, als wäre es das Natürlichste der Welt.
„Deine Haare sind wirklich kräftig und stark, und oho – sie wirbeln nach rechts und scheiteln nach links – das ist sehr ungewöhnlich! Ich glaube, die wollen ein wenig gebändigt werden. Und vielleicht auch ein bisschen Farbe und Glanz?"

Herr Schmidt konnte ihr Parfum riechen und musste schlucken. Dann berührte die Innenseite ihres kleinen Fingers die Außenkante seines rechten Ohres.
„Halte durch! Nur noch ein ganz kleines Bisschen!", hörte er seinen Elefanten im beschwörenden Ton. „Gleich hast du es geschafft!"

Und tatsächlich zog Fee ihre Hand im nächsten Moment zurück, zufrieden mit der Begutachtung seiner Haarpracht. „Ich hoffe, du findest es ist nicht zu aufdringlich, aber was hälst du davon, wenn ich dir einen Haarschnitt zum Geburtstag schenke?"

Herr Schmidt schluckte nicht, er schnappte nicht, er hielt die Luft an.
„Nur, äh ... nur, wenn ich dir eine Kochung... also wenn ich dir ... ich meine dich bekochen kann dafür, weil, ich habe gerade den Kühlschrank randvoll.", presste er heraus, ohne wieder einzuatmen.

„Warum nicht. Du kochst und ich schneide dir dabei die Haare, dann bekommt beides etwas Künstlerisches, Einzigartiges - und darum geht es doch im Leben oder?"

„Bestimmt! Klasse Idee!"

„Gut, dann wann?"

„Ja, dann wann?"

„Oh, ich habe leider vergessen, dass ich gleich noch mal los muss und das wird ein bisschen dauern. Also passt es bei mir erst heute Abend gegen zehn. Dann ist es zwar schon dunkel, aber das macht nichts, denn ich kann ein richtig gutes Baulicht mitbringen. Das ist fast besser als Tageslicht!"

„Schön!"

„Dann um zehn? Ich meine, wenn du dann noch nicht verhungert bist..."

„Bin ich nicht."

„Gut!"

„Ja!"

„Ahoi dann mal!"

„Genau."

Sie winkte noch einmal und ging lächelnd langsam die Stufen abwärts, während Herr Schmidt immer noch die Luft anhielt. Sein Unterarm erwiderte ihr Winken mit einem ungelenken Wackeln seiner rechten Hand.

„Bis zehn dann!", rief sie noch einmal, kurz bevor sie aus seinem Blickfeld verschwand.

„Bis zehn dann.", wiederholte er leise und atmete endlich aus.

Kapitel 8: Trennung von Papa

Es war inzwischen halb drei – er hatte also noch siebeneinhalb Stunden. Herr Schmidt ging zurück auf seinen Balkon und setze sich in seinen Gartenstuhl und schaute in den Himmel. Der Himmel schien sich über seine Aufmerksamkeit zu freuen, er strahlte ihn mit einem überwältigendem Blau an, das ihn an das T-Shirt von Fee erinnerte. Fee, was für ein Spitzname! Wie passend, er hätte sich keinen besseren ausdenken können. Was ist eigentlich der Unterschied zwischen einem Engel und einer Fee? Er lächelte in sich hinein, weil ihm sofort eine überzeugende Antwort einfiel. Die Fee gibt es wirklich. Außer, er würde irgendwann aufwachen und feststellen müssen, dass die letzten beiden Tage doch nur ein Traum waren.

„Das hast du super gemacht! Ich bin sehr stolz auf dich. Wir haben ein Date!"

Die Begeisterung seines Elefanten erinnerte ihn plötzlich an seinen Vater, der damals, in den wenigen gemeinsamen Momenten, auch ständig versucht hatte, ihn positiv zu motivieren. Doch Herr Schmidt empfand diese überschwängliche Lobhudelei immer als unangenehmen Druck.

„Das kommt wohl von unserem Erlebnis beim Schaukeln auf dem Spielplatz am Alsterlauf an unserem vierten Geburtstag. Wir hatten gerade gelernt, uns alleine

Anschwung zu geben. Papa war sehr beeindruckt und hatte dich mit seiner Begeisterung dazu getrieben, immer höher hinaus zu wollen. Als wir dann zum ersten Mal so hoch schaukelten, dass die Ketten kurz in sich zusammenfielen und es mächtig rumpelte, konnte ich uns leider nicht mehr halten und wir flogen im hohen Bogen in den harten Kies."

„Ja, ich erinnere mich. mein Knie war aufgeschlagen und das Blut sickerte in die hellgrüne Cordhose…"

„Papa kam sofort zu uns gerannt und nahm uns auf den Arm. Ich heulte und du machtest dir Sorgen wegen den Blutflecken auf dem Knie."

„Mama war immer sehr streng mit solchen Dingen!"

„Ja, sie glaubte, uns von wilden Experimenten abzuhalten zu können, wenn wir immer genug Angst hätten, unsere Klamotten nicht zu riskieren."

„Und du meinst, damals habe ich gelernt, dass Lob gefährlich ist, weil man dann übermütig wird und abstürzt?"

„Na ja, die Geschichte war damit ja noch nicht zu Ende. Als ich mich einigermaßen beruhigt hatte, kamen wir nach hause und da ging das Drama erst richtig los. Mama war sofort in Fauchbereitschaft und faltete Papa zusammen. Wie er denn so leichtsinnig sein kann und Übermut tut selten gut und überhaupt solle er aufhören, seinen Sohn zu gefährlichen Wahnsinnstaten zu verführen. Sie müsse dann im Alltag wieder mühsam dafür sorgen, dass wir wieder vernünftig werden. Papa tat das natürlich alles sehr leid, aber Mamas Reaktion war für ihn wohl eine offene Kriegserklärung zu viel. Er konnte es nicht mehr ertragen."

Herr Schmidt sah das Gesicht seines Vaters und die tiefe Traurigkeit in seinem Blick wieder ganz klar vor seinem inneren Auge.

„Ja, er konnte seine Tränen nicht mehr unterdrücken, als er mich ansah. Und er hatte auch keine Worte mehr. Er nahm mich einfach nur noch einmal ganz fest in den Arm, schluchzte leise, packte seine beiden Reistaschen und verließ das Haus."

Herr Schmidt kämpfte mit den Tränen. War er etwa dafür verantwortlich, dass sein Vater so leiden musste und ihn verließ?

„Nein, du und ich - wir sind nicht verantwortlich, aber es ging trotzdem immer um uns. Als wir ihn dann zu Weihnachten wieder sahen, habe ich mich natürlich gefreut, aber du warst anders zu ihm. Misstrauisch und verschlossen. Du wolltest ihn leiden sehen. Du hast ihm vorgeworfen, dass er es verdient hätte, weil er sich Mama nicht untergeordnet hatte. Nur, wenn wir ehrlich zu uns sind - was wir jetzt ja sein können, dann hast du ihn all die Jahre vermisst und dir selbst vorgeworfen, dass du dich Mama all die Jahre untergeordnet hast. Aber wie auch immer, ab da wurden seine Besuche immer seltener und zur reinen Formsache: Geschenke abgeben, zweimal über den Kopf streicheln, Tränen unterdrücken, tapfer lächeln und bis zum nächsten Mal. Aber weder du noch ich sollten uns das vorwerfen. Wir waren jung und sehr einfach zu manipulieren."

Herr Schmidt versuchte sich wieder zu fassen und atmete tief durch.

„Steht Papa auch auf der Liste meiner Schandtaten?", hörte er sich ganz leise fragen.

„Ja, einmal wegen dieser Episode und dann noch einmal am Flughafen an unserem 10. Geburtstag."

„War das der Geburtstag mit den Star-Wars-Sammelgläsern?"

„Ja, ganz genau – der letzte Akt. Erinnerst du dich?"

„Nein, nicht wirklich – außer den Sammelgläsern habe ich keine Spur."

„Wir hatten uns mit Papa in einem China-Restaurant in der Nähe des Flughafens getroffen, weil er nur einen kurzen Zwischenstopp mit Mama vereinbart hatte. Mama hatte uns vorher voll darauf getrimmt, alles ja nur schnell hinter uns zu bringen. Es war eine recht frostige Veranstaltung trotz der Geschenkübergabe. Und als Papa nach dem Dessert – weißt du noch: die leckeren Litchis mit Vanilleeis?"

„Nein."

„Echt nicht? Na, gut. Also, als Papa dann auf die Toilette ging, überkam dich irgendwie ein eiskalter Rachegedanke. Du gingst an seinen Mantel und hast seine Taschen durchsucht. Mama tat so, als würde sie es nicht bemerken, während sie ihre grässlich stinkende Zigarette rauchte. Dann hattest du sein Flugticket gefunden und es einfach eingesteckt. Ich fühlte mich ganz schön mulmig und habe mir vor Aufregung fast in die Hose gepinkelt, als Papa von der Toilette wiederkam. Aber Mamas strenger Blick brachte mich dazu, dichtzuhalten. Nach der eisigen Verabschiedung stieg Papa ins Taxi zum Flughafen und wir blieben zurück. Ich ahnte schon, dass wir ihn für eine sehr lange Zeit nicht wieder sehen würden, aber du fühltest dich irgendwie stolz auf dich und deine Tat. Wahrscheinlich, weil Mama dich zwischendurch mit einem wohlwollenden Blick belohnt hatte."

„Du meinst also wirklich, ich habe Papa sein Flugticket geklaut?"

„Ja, genau vor 30 Jahren 2 Stunden, 17 Minuten und 32 Sekunden hast du das getan. Ich kann mich nicht irren."

„Vielleicht wollte ich insgeheim, dass er nicht wieder wegfliegt?"

„Ja, vielleicht und vielleicht solltest du ihm das auch mal sagen. Er würde sich bestimmt darüber freuen."

Herr Schmidt freute sich auch - ein ganz kleines bisschen. Nicht darüber, dass er zu so niederträchtigen Taten fähig war – natürlich nicht! Aber er hatte jetzt endlich einen Ansatz, eine Botschaft, einen Grund, um mit seinem Vater Kontakt aufzunehmen. Ein Telefon klingelte irgendwo im Hinterhof.
Herr Schmidt fragte sich, ob der Anruf von seinem Vater nicht eine Spur auf dem Telefon hinterlassen haben müsste. Er hatte den Anschluss mit dem altmodischen Anrufbeantworter und Telefon in einem Gerät direkt von seinem Vermieter Boris übernommen, der für mindesten drei Jahre nach Hongkong gezogen war. Er hatte

den Kontakt zu ihm über seinen Arbeitskollegen Bimmelberger bekommen, der in Boris Wohnung als Untermieter lebte. Als Bimmelberger ihm erzählt hatte, dass er jetzt mit seiner Freundin zusammenziehen würde und dann nachfragte, was denn mit ihm sei und wann er denn endlich bei Muttern ausziehen würde, musste Herr Schmidt wohl so bedürftig und Mitleid erweckend ausgesehen haben, dass er ihm anbot, sein Nachfolger als Untermieter zu werden. Diese Option schnitt Herrn Schmidt so tief ins Fleisch seiner fehlenden Selbstständigkeit, dass er nur noch nicken konnte.

Bimmelberger erkannte sofort, dass er Herrn Schmidt nur noch einen kleinen Schubs geben müsste. Er zückte sein Handy, wählte eine Nummer und reichte Herrn Schmidt das Telefon. Boris war ein cooler Typ, Ende fünfzig, Fotograf und vollkommen unkompliziert. Er kannte scheinbar kein Misstrauen mehr, seit dem er mehrere Jahre als Kriegsberichterstatter überlebt hatte. Würde sich nicht lohnen, hatte er gesagt, dass Leben sei viel zu kurz. Er wollte weder irgendeine Mietsicherheit, noch Auskünfte über Gehalt oder Kontoauszüge.

Als Herr Schmidt ihm dann erzählte, dass er bald vierzig werden würde und endlich bei seiner Mutter ausziehen will, war sofort klar, dass er die Wohnung haben kann. Herr Schmidt sollte mit Bimmelberger einfach die Details absprechen. Und bevor er auflegte, betonte Boris noch, dass nichts jemals zu spät sein könnte, solange noch keine Kugel in deiner Stirn eingeschlagen sei.

„Auch einen Kugeleinschlag in die Stirn hat der eine oder andere schon überlebt.", hörte Herr Schmidt sich denken, während er ins Wohnzimmer zum Telefon ging.

„Aber man ist danach bestimmt ein anderer.", antworte sein Elefant müde.

„Klar! Aber egal, ob Kugeleinschlag, Mückenstich, Telefonanruf nach 25 Jahren von seinem verschollenen Vater, innerer Explosion oder Fee vor der Tür, eigentlich hat man jeden Tag die Chance, ein anderer zu werden."

„Das ist mir alles viel zu philosophisch - ich klinke mich da aus..."

„Was ist los mit dir? Bist du krank?" fragte Herr Schmidt besorgt nach.

„Krank? Was heißt schon krank? Krank ist doch auch nur eine begriffliche Erfindung von euch Reitern, um den Wald vor lauter Bäumen nicht zu sehen. Egal ob Immunsystem, Krebs oder Alzheimer - dahinter steckt immer die Tatsache, dass wir Elefanten zu wenig Energie zur Verfügung haben. Und ja, meine Reserven gehen langsam zur Neige."

„Was? Du meinst, dass ich jetzt Alzheimer kriege?"

„Nein, du Witzbold! Ich meinte damit, dass mich unser Abenteuer der letzten zwei Tage extrem strapaziert hat. Was meinst du, was mich der Trick mit der Mücke an Energie gekostet hat! Und jede Botschaft, die ich dich hören lasse, kostet auch Extraenergie. Wir sollten uns deshalb endlich auf das Wesentliche konzentrieren."

„Gut, da bin ich dabei. Aber verrate mir doch bitte noch, wie kannst du wieder mehr Energie kriegen?"

„Wenn du gut isst und trinkst, dich körperlich bewegst und viel schläfst, wenig Aufregung erzeugst und viel Zeit in geregelten Bahnen und Gewohnheiten verbringst und es dabei genießt, wertschätzend und ehrlich zu mir zu sein."

„Also hast du deine außergewöhnliche Energieleistung vollbringen können, weil ich so viele Routinen und Gewohnheiten hatte?"

„Ja, und ich habe sie vollbringen MÜSSEN, weil du so verdammt unehrlich zu mir warst."

„Wie, unehrlich? Ich wusste doch nicht einmal, dass es dich gibt!"

„Das ist es ja gerade! Natürlich wusstest du, dass es in jedem Menschen einen unbewussten Anteil gibt, aber mich hast du einfach totgeschwiegen! Wenn ein verheirateter Mann, behauptet, nicht zu wissen, dass er verheiratet ist, dann ist er maximal unehrlich zu seiner Frau."

Herr Schmidt stockte. Er wusste schon, dass es jetzt nicht um die Mann-Frau-Geschichte ging, sondern um sich und ihn. Und sein Elefant hatte Recht. Noch Vorgestern hätte er ohne weiteres schwören können, dass er sich seines Lebens, seinen Entscheidungen und seiner Existenz voll bewusst sei. Er hätte seine Hand dafür ins Feuer gelegt, dass er alles unter Kontrolle hatte. Und dabei stimmte nichts davon. Er hatte sich das alles nur vorgemacht. Er war the Great Pretender. Er hatte keine Ahnung, warum er jetzt auf diese Formulierung kam.

„Das ist ein Song, den Elvis Presley mal gesungen hat."

„Ich dachte, du wolltest mal ein bisschen die Klappe halten?"

„Gerne, aber wenn du dir Fragen stellst, dann antworte ich automatisch darauf. Ich bin dein Gedächtnis, deine Bibliothek, deine Vergangenheit."

Herr Schmidt dachte an Elvis Presley und dann fiel ihm Elvis, der Zwerghamster wieder ein. Und er stand vor dem Anrufbeantworter, auf dem möglicherweise die Telefonnummer seines Vaters gespeichert war, mit der er nach dreißig Jahren endlich wieder Kontakt aufnehmen könnte. Und nachher hatte er das erste Date seines Lebens. Ihm wurde schwindelig, er lehnte sich an die Wand und ließ sich langsam zu Boden gleiten. Er verstand jetzt sehr genau, was sein Elefant meinte: zum Leben braucht man Energie – nichts ist selbstverständlich! Leben ist eine Leistung.

Er atmete tief ein und wieder aus. Immer wieder tief ein und wieder aus. Dann hielt er den Atem plötzlich an und schloss die Augen. Er wusste nicht, was er damit bezwecken wollte. Wollte er einfach seine Macht fühlen und sie seinem Elefanten demonstrieren? Er selbst, er, der mächtige Reiter, trifft eine Entscheidung und sein Elefant muss ihm folgen. Er ist dem Leben nicht ausgeliefert, sondern das Leben ihm! Er ist nicht nur der kreative, kleine Berater eines sich selbst erhaltenden Systems aus automatisierten Abläufen namens Olaf Schmidt! Er ist Olaf Schmidt! Er ist das, was den Menschen zur Krone der Evolution macht! Er macht den Unterschied aus! Er ist der Träger der Freiheit! Er ist die Zukunft des Lebens! Er...

„Puuuhh" hörte er sich laut ausatmen, bevor er dann tief wieder einatmete – mehrmals, bis sich sein Atem wieder beruhigt hatte.

„Okay, du hast gewonnen, ich bin nur ein verspieltes Kind, das nie gelernt hat, Verantwortung zu übernehmen. Also, was soll ich tun?" hörte er sich denken, aber sein Elefant reagierte nicht.

„Hallo?"

Wieder nichts.

Er schaute hoch und sah auf den blinkenden Anrufbeantworter. Ein Blinken, also ein neuer Anruf. Aber vielleicht auch eine neue Baustelle. Wollte er wissen, wer ihn erreichen wollte? Nicht unbedingt! Aber er wollte wissen, wie er seinen Vater erreichen könnte. Wenn sein Elefant beschlossen hatte, ihn zu ignorieren, kam es nun allein auf seine eigene Willenskraft, seine persönliche Entschlossenheit an. Und wenn sein Elefant nie wieder zu ihm sprechen würde? Dann wäre das eben so! Er war schließlich fast 40 Jahre ohne seine innere Stimme ausgekommen. Und wie Boris sagte: es ist niemals zu spät! Ob Boris in Hongkong gerade wach war? Wie spät mag es dort gerade sein? Wie lange fliegt man eigentlich um die halbe Welt?

„Du bist echt eine verantwortungslose Katastrophe! Bei der erstbesten Möglichkeit schweifst du sofort wieder ab! Nun stehe schon auf und kläre endlich die Nummer mit unserem Vater!"

Herr Schmidt war froh, die Stimme seines Elefanten wieder zu haben.

„Yes Sir!", dachte er lächelnd und stand auf. Er ging zum Anrufbeantworter, drückte zwei Knöpfe und ließ sich die eingegangenen Anrufe anzeigen. Die letzte Nummer war die von seiner Mutter, die davor war eine ausländische, wahrscheinlich aus den USA. So einfach war das. Er könnte es jetzt einfach probieren, sich für den Ticketdiebstahl entschuldigen und erklären, warum er es getan hatte. Dann würde er schweigen. Oder heulen. Oder auflegen? Nein, ihm fehlte noch etwas, er war noch nicht bereit. Er war zwar inzwischen bei sich angekommen, aber es war nur so etwas wie ein Urlaubsbesuch. Er kannte und wertschätze zwar inzwischen seine Elefanten, aber sie waren eigentlich immer noch eher eine Studenten-WG als ein Liebespaar.

Kapitel 9: Schandtatenliste Teil 2

„Wie viel Schandtaten gibt es noch auf deiner Liste?", fragte er seinen Elefanten, während er auf der Toilette saß.

„37 haben wir noch gar nicht besprochen. Und für die 23 gegen die anderen Kindergartenkinder fällt mir nichts ein, weil ich leider nur die Vornamen kenne. Und die 14 gegen Barbara sind auch noch nicht begradigt."

„Für die 23 machst du mir eine Vornamensliste und ich schreibe eine Email an den Kindergarten, mit der Bitte um Kontaktmöglichkeiten. Wenn wir die Identitäten bekommen, schreibe ich allen eine kleine Entschuldigung, wenn nicht, dann muss der Versuch reichen. Und Barbara - tja, was machen wir mit Barbara?"

„Besuch sie doch. Dann kannst du dich auch gleich bei Mama für den Kuchen und den Hamster bedanken."

Ja, der Hamster. Irgendwie hatte Herr Schmidt den Plan, dieses Nagetier so lange wie möglich weiter zu ignorieren.
„Mal sehen, aber schauen wir erst einmal auf die anderen 37 – was hast du noch im Angebot?"

„Zwei mal Herr Herbert, der Nachbar in Poppenbüttel. Einmal hast du die Mülltonne umgekippt, einmal sein Vogelhäuschen mit Steinwürfen zerstört. Nur weil er dich als Polizist zwei Mal freundlich drauf hingewiesen hatte, dass du ein Licht an deinem Fahrrad haben musst."

„Okay, der kriegt einen kurzen Brief als Entschuldigung..."

„Den du in Poppenbüttel gleich mit abgeben könntest, falls er noch lebt."

„Vielleicht. Was haben wir noch?"
Herr Schmidt war voller Tatendrang und ging wieder an seinen Schreibtisch.

„Vier mal Knut Polchinger, dein alter Arbeitskollege."

„Ach, der alte Knut. Was habe ich bei ihm auf dem Kerbholz?"

„Das weißt du genau!"

„Die Geschichte mit seinem ASCI-Script? Aber das war doch nur Spaß!"

Sein Elefant schwieg und Herr Schmidt wusste, dass er weiter schweigen würde. Er konnte nicht mehr auf Zeit spielen, also schrieb er sofort die Email an Knut. Knut würde mit seiner Entschuldigung nichts anfangen können, aber was soll's, Hauptsache sein Elefant war zufrieden. Als er die Email versendet hatte, hörte er sofort wieder seinen Elefanten:
„Dann haben wir noch Cleo – 6 Mal. Daran wirst du dich erinnern können oder?"

„Schon gut, brauchst nicht weiter zu reden – mache ich. Sag mir die genauen Vorwürfe und ich schreibe Cleo sofort eine Email."

„Vielleicht schreibst du ihr lieber einen echten, ehrlich gemeinten Brief, schließlich geht es nicht nur darum, alles mit so wenig Aufwand wie möglich abzufrüstücken. Wir brauchen Wirkung durch Glaubhaftigkeit."

Herr Schmidt dachte einen Moment nach. Cleo war die Nichte seines Vaters, die vor vielleicht 20 Jahren frisch nach Hamburg gezogen war. Sie waren sich zufällig bei einem Job über den Weg gelaufen und sie hatte ihn merkwürdigerweise sofort erkannt, obwohl sie sich vorher nur zwei oder drei Mal gesehen hatten. Sie war ein echtes Landei und wollte sich immer wieder mit ihm treffen, weil sie ihn für einen coolen Hipster aus der Großstadt hielt.

„Du hast ihr übel mitgespielt und sie mit falschen Informationen und hinterhältigen Lügen dazu gebracht, dass sie ihren Timo kurzfristig in die Wüste geschickt hatte."

„Ich habe nie etwas von ihr gewollt!"

„Ja genau, aber dadurch wurde ja alles noch viel perfider. Du hast mit ihr gespielt, du hast sie verarscht und du hast dich damit für etwas gerächt, was überhaupt nichts mit ihr zu tun hatte."

„Was meinst Du?" Herr Schmidt hatte wirklich keinen blassen Schimmer, während er aufstand und in die Küche ging, um sich dann mit einem Glas Zitrusfresh wieder auf den Balkon zu setzen.

„Ich sag nur München."

„Und was ist mit München?"

„Astrophysik in München."

Endlich dämmerte es ihm. Er hatte wirklich vor 20 Jahren die Idee, Astrophysik in München zu studieren. Er hatte damals gedacht, dass sich seine Mutter freuen würde, wenn er ihr verkündete, dass er in die große weite Welt ziehen wolle. Aber es kam ganz anders. Sie packte ihre komplette Trickkiste aus, um ihn von seiner Idee abzubringen. Zuckerbrot und Peitsche. Mitleid und Erpressung. Hochverrat und Krankheit und das über mehrere Monate. Ja, sie hatte sogar einen ernsthaften Streit mit Barbara initiiert, um zu verhindern, dass aus seiner Idee ein fester Entschluss wurde. Also ließ Herr Schmidt es damals gut sein und beugte sich ihrem Psychoterror. Und ja, ein paar Wochen später hatte er Cleo getroffen.
„Also hatte ich mich eigentlich an Mama rächen wollen?"

„Ja, war das nicht offensichtlich?"

„Nein, natürlich nicht! Der Gedanke kommt mir jetzt zum ersten Mal!" Herrn Schmidts Stirn faltete sich zentral zusammen. Dann schaute er offenen Auges in die Sonne, bis er sich geblendet abwenden musste. Die blauen Nachbilder tanzten auf seiner Netzhaut und ließen ihn schwindelig werden. Er setzte sich wieder in seinen Gartenstuhl.

„Du bist wirklich ein unglaubliches Wesen. Deine Fähigkeit zu verdrängen ist ja wohl nicht zu toppen! Wie, um alles in der Welt, konntest du dir nur so viel vormachen?"

Herr Schmidt rieb sich die Augen.
„Vielleicht hat es auch ja auch mit dir zu tun? Oder seid ihr Elefanten nur Maschinen, die alle gleich ticken? Vielleicht bist du ja auch etwas Besonderes – sagen wir mal: besonders neurotisch? Vielleicht bist du genau das passende Gegenstück zu mir? Hast du dir das schon mal überlegt?"

Sein Elefant schwieg. Irgendwie schien Herr Schmidt ihn getroffen zu haben, aber er wusste nicht, ob dieser Umstand hilfreich war. Er als Reiter sollte die ganze Zeit neue Erkenntnisse gewinnen, damit er endlich die Verantwortung übernimmt und die Richtung vorgibt und und und. Aber was war eigentlich mit seinem Elefanten? Gut, er hatte die geniale Heldentat mit der Mücke hingetrickst. Aber war das alles? Die Nummer mit seinen Flecken am Hals, mit seinem Sodbrennen, seiner Platzangst und seiner Abneigung gegen körperliche Berührungen – hat sein Elefant damit nicht auch Karma angehäuft, das er wieder abtragen müsste? Waren das nicht die Gegengewichte auf den Schultern von Herrn Schmidt? Sein Elefant schwieg noch immer. Hatte er sich in ein Schneckenhaus zurückgezogen? Gab es so etwas überhaupt in Elefantengröße?

Herr Schmidt schaute hinüber zu den Kränen und den silbernen Möwen, die vor dem blauen Himmel an ihnen vorbei flogen. Dann atmete er tief durch.

„Hey, ich weiß nicht, ob du mich gerade hören möchtest," fing Herr Schmidt ganz vorsichtig an. „Aber selbst wenn du nicht perfekt wärst, würde ich dich gerne bei mir haben. Und falls du jetzt eine Pause brauchst, oder einen Spaziergang oder ein Eis oder einen Tee, dann würde ich gerne dafür sorgen, dass du dich wohl fühlst. Und außerdem möchte ich dir danken, für alles, was du für uns in den letzten 40 Jahren getan hast. Und ich verzeihe dir auch deine merkwürdigen Methoden, mit denen du versucht hast, mich von Mama zu befreien. Denn egal, was zwischen dir und mir noch vorfallen wird – ich... ich habe dich lieb!"

„Wirklich?", hörte er seinen Elefanten flüstern.

„Ja, wirklich."

Diesmal hörte das Universum vollkommen anders auf, sich zu drehen. Es stoppte ganz sanft und gab Herrn Schmidt das schöne Gefühl, am Leben teilzuhaben. An all dem teilzuhaben, was nicht selbstverständlich war. Er brauchte keine Worte mehr und verstand trotzdem die Gnade des Seins. Das Universum stand zwar vollkommen still wie beim ersten Mal, aber er war diesmal nicht allein. Er stand genau im Mittelpunkt des Lebens. Er war dort, wo er alleine niemals hingekommen wäre. Wieder liefen ihm die Tränen über seine schmalen Wangen, doch diesmal nicht aus Trauer, sondern gespeist von der freudigen Erfüllung, von der Dankbarkeit, die er noch nie erlebt hatte, die er sich vorher nicht einmal hätte vorstellen können. Wieder sammelten sich die Tränen an seiner Kinnspitze und formten sich zu einem größeren Tropfen, lösten sich und – WUUUUUMMMMM – wieder gab es eine ohrenbetäubende Explosion.

Herr Schmidt überlegte kurz, wer die Explosion diesmal hätte hören können, aber dann kehrte er einfach gedanklich zurück zu seiner Aufgabe. Klar, gelassen und neugierig.

„Die anderen 25 Schandtaten" - er musste inzwischen lächeln bei dem Begriff, „beziehen sich alle auf Mama oder?"

Er konnte plötzlich spüren, wie der Elefant in ihm nickte. Zum ersten Mal brauchte er die Stimme nicht mehr zu hören, um zu verstehen.

„Kannst du mir meine einzelnen Taten noch einmal kurz beschreiben?"

„Zwölf körperliche Angriffe – Hauen, Kratzen, Beißen, Treten – alle vor unserem sechsten Lebensjahr. Dafür haben wir insgesamt 12 Ohrfeigen von ihr einstecken müssen. Dann hast du sieben Mal Informationen unterschlagen, um sie zu schädigen: dreimal von den Nachbarn, zweimal vom Postboten, einmal von der Schule, einmal von der Lottogesellschaft."

„Lottogesellschaft?"

„Daran müsstest du dich eigentlich erinnern können – wir waren 16 Jahre, 4 Monate, 12 Tage, 3 Stunden, 4 Minuten und 56 Sekunden alt."

„Nicht wirklich. Was habe ich getan?"

„Ein Mitarbeiter kam bei uns zuhause vorbei und gab dir eine Benachrichtigung, dass sie sich bitte melden möchte. Du hast das Schreiben entgegen genommen und ihr niemals was davon erzählt. Der Schrieb ist dann Monate später im Müll gelandet."

„Oje – um wie viel Geld ging es?"

„Weiß ich nicht, dass wollte uns der Lotto-Mann nicht verraten. Mich hatte damals sehr gewundert, dass dich das überhaupt nicht interessierte."

„Ich hatte damals keine Geldprobleme."

„Du hattest noch nie Geldprobleme! Was auch kein Wunder ist, denn Hotel Mama hat dich noch nie etwas gekostet."

„Außer unendlich viel Energie!"

„Das kann man auch anders sehen. Geld ist Energie und wir beide haben bei Mama Unmengen an Energie gespart. Was mussten wir denn groß für uns im Alltag tun? Kein Kochen, kein Waschen, nichts im Haushalt, nichts im Garten."

„Ich habe manchmal Schnee geräumt..."

„Genau drei Mal in all den Jahren!"

„Aber wir haben dafür bezahlt. Sie hat mich Jahrzehnte lang benutzt und erpresst!"

„Genau genommen hat sie uns benutzt, aber erpresst hat sie dich. Und das nur, weil du dich hast erpressen lassen. Wären wir vor 20 Jahren nach München gegangen, hätte alles sofort ein Ende gehabt."

„Ich finde es nicht fair, dass du mir das jetzt vorwirfst!"

„Mache ich nicht."

„Aber Moment mal, wenn ich mich aus Gewohnheit vom Mama habe erpressen lassen, dann muss du doch mit im Spiel gewesen sein oder?"

„Ja, leider! Ich habe dir das dicke Fell verpasst. Und deshalb kann ich es dir gar nicht vorwerfen. Wir haben beide das Gleiche gewollt und damit nichts gewonnen."

„Wie meinst du das?"

„Wir waren beide auf Stabilität aus und haben uns dadurch nicht weiter entwickelt. Nur, ich konnte den Auftrag zur Innovation gar nicht annehmen."

„Verstehe! Du meinst, ich hätte jeden Tag die Chance gehabt, uns mit meiner Kreativität aus Mamas Diktatur zu befreien? Aber du bist doch auch kreativ – du hast doch den Mückentrick inszeniert!"

„Nein, nicht wirklich."

„Aber du hast es behauptet!"

„Ja, das habe ich."

„Also hast du mich belogen!"

„Aber nur, weil ich dich nicht beunruhigen wollte und weil meine positive Absicht, dich von meinem begrenzten Energievorrat zu überzeugen, dadurch noch mehr Gewicht bekam."

„Beunruhigen? Womit?" Herr Schmidt spürte, wie sein Elefant zauderte und zögerte. Wie er sich in die hinterste Ecke seines Daseins schmiegte. Nur warum? Was hatte er zu verbergen? Womit wollte er ihn nicht beunruhigen?

„Wie soll ich dir in Zukunft vertrauen, wenn du mir nicht sagst, was los ist? Hallo, bist du noch da?"
Herr Schmidt kam sich langsam albern vor. Seinem Elefanten Fragen zu stellen und keine Antworten zu bekommen, war frustrierend. Aber er könnte ja einfach versuchen, sie selbst zu beantworten, er ist doch der innovative Meisterdenker! Schließlich hat er bis vor zwei Tagen in seinem Leben nichts anderes getan. Er war sehr erstaunt, wie schnell er sich an einen neuen Zustand gewöhnen konnte und das Alte fast vergessen hatte. Und was war das nun schon wieder? Sich an irgendetwas gewöhnen können! Wie konnte so etwas für ihn als Reiter möglich sein – Gewohnheiten sind doch elefantös?

„Du bist schon auf der richtigen Spur, aber dir fehlt leider jede Vorstellung, wie schnell ich auf dich einwirke."

„Wie meinst du das?"

„Wenn du gedanklich flott bist, dann mag sich das anfühlen, als wenn du von einer Erkenntnis zur anderen stürmst – zack – zack – zack. Aber mein Standardtempo bewegt sich in der Nähe der Lichtgeschwindigkeit."

„Hey, als echten Angeber hatte ich dich noch gar nicht auf meinem Zettel gehabt. Eben schien es mir eher, als wärst du eingepennt. Musstest du etwa über meine Fragen nachdenken? Ist Nachdenken nicht mein Revier?

Und Gewohnheiten deins? Warum mischt sich das alles?"

„Weil ich so schnell bin und du so langsam. Weil ich Millionen Dinge gleichzeitig bewege und du dich nur auf eine Sache zurzeit konzentrieren kannst. Weil wir so unglaublich eng verzahnt sind. Du glaubst dich an etwas gewöhnt zu haben, was ich vorher schon lange automatisiert habe. Deshalb fällt den meisten Reitern ja gar nicht auf, das sie mit einem Elefanten unterwegs sind. Und deshalb stehen sich die meisten Reiter auch über kurz oder lang mit ihren Elefanten im Wege."

Herr Schmidt überlegte, ob es irgendwo eine glasklare Trennungslinie zwischen ihm und seinem Elefanten geben könnte. Er hätte so gerne eine.
„Also mal ganz experimentell: Wie läuft das eigentlich mit uns und der Welt? Was passiert als erstes? Wir nehmen etwas wahr und..."

„Nicht ganz. Ich nehme etwas wahr und filtere diesen Reiz schon mal vor, damit du dann darüber nachdenken kannst."

„Du meinst, ich kriege überhaupt keine direkten Infos von der Welt?"

"Nicht wirklich."

„Aber wenn ich etwas sehe, wie zum Beispiel die Möwe dahinten am Himmel. Dann nehme ich doch die Welt direkt wahr!"

„Nicht ganz: Präzise formuliert fallen verschiedene Lichtverhältnisse und Wellenlängen in unsere Pupillen und reizen unsere Sehnerven auf eine ganz bestimmte Weise, woraus ich in Lichtgeschwindigkeit Bilder forme und mit dem abgleiche, was ich schon mal gesehen habe. Und du erkennst dieses Bild dann als Möwe vor einem blauen Himmel."

„Um dann was zu machen? Ich meine, was ist denn meine Aufgabe, wenn du eigentlich alles machst?"

„Tja, das ist endlich mal eine wirklich gute Frage. Wenn die Möwe keine Möwe, sondern etwas Gefährliches wäre, dann hätte ich die Hoffnung, dass du eine Möglichkeit findest, um uns davor zu schützen."

„Also, wenn es ein Feuer speiender Drachen wäre, sollte ich schnell eine Armbrust erfinden, um ihn vom Himmel zu holen?"

„Ja zum Beispiel. Und wenn wir hungrig wären und Möwen jagen müssten, wäre es auch deine Aufgabe, eine Möglichkeit zu erfinden, um sie zu erwischen."

„Okay, ich verstehe. Du zeigst mir die Welt und ich soll dann daraus etwas Nützliches machen."

„Sagen wir lieber, dass ich mir wünsche, dass du darauf so reagierst, dass wir am Leben bleiben oder unser Leben besser wird. Komfortabler, mit weniger Energieaufwand und mehr Sicherheit zum Beispiel."

Herr Schmidt merkte, dass ihm nicht gefiel, wie klein seine Rolle war. Gefahr abwenden, jagen und immer nur darauf reagieren, was einem vorgesetzt wird. Soll das etwas alles sein?

„Du bist wie alle Reiter irgendwie leicht zu frustrieren. Kaum wird euch bewusst, wie sehr ihr uns Elefanten ausgeliefert seid, vergesst ihr sofort eure eigenen Fähigkeiten und Leistungen."

„Was meinst du?"

„Hast du dich mal gefragt, was heutzutage Sicherheit und Jagen bedeutet?"

„Hm, jagen ist wahrscheinlich arbeiten. Aber Sicherheit – was ist Sicherheit? Vielleicht, sich auf der Strasse nicht überfahren zu lassen?"

„Ja, genau! Regeln verstehen, die ich zwar so schnell wie möglich automatisiere, die du aber in jeder Situation kreativ interpretieren musst, wenn es darauf ankommt. Und im Job kommt es oft auf die kreative Interpretation von Regeln an!"

Arbeiten. Er kannte so viele Menschen, die sich über ihre Arbeit definierten. Das wäre dann also damit zu erklären, dass die Reiter damit ihre Wichtigkeit betonen wollen. Wer macht den größten Job, wer fängt das dickste Schwein? Wer baut den höchsten Turm oder die schnellste Kutsche?

„Genau, alles was erfunden wurde, jede Art von Technik, die es vorher noch nicht gab, ist das Ergebnis der Kreativität von euch Reitern, indem ihr die vorher bestehenden Regeln innovativ durchbrochen habt. Wir

Elefanten wollen keine Veränderung. Wir wollen nur auf Nummer sicher gehen und deshalb machen wir aus allem, was sich wiederholen lässt, so schnell wie möglich eine Gewohnheit. Das spart natürlich auch Energie. Aber weil die komplizierten Erfindungen meistens von mehreren Reitern zusammen gemacht werden, hat eine Reiterhorde die Tendenz, uns Elefanten zu vergessen. Manche hassen uns, weil wir sie langweilen. Sie gieren deshalb nach Abwechslung und Adrenalin, oftmals vollkommen sinnlos!"

„Ich verstehe langsam. Nehmen wir noch einmal die Möwe. Angenommen, ich würde die Möwe als... als Anfang eines Gedichts nehmen... zum Beispiel so: Gleich der Möwe – silbern am Firmament..."

„Die Liebe im Herzen brennt..."

„Hey, das war jetzt aber hochgradig kreativ!"

„Nein, das war ganz mechanisch - ich habe nur nach Reimen gesucht..."

Herr Schmidt staunte. Er wollte eigentlich verstehen, wozu die poetische Kreativität, mit der manche Reiter über die Maßen ausgestattet sind, nützlich sein könnte, aber durch den Vorschlag von seinem Elefanten wurde ihm die Frage schlagartig beantwortet. Und genauso schlagartig erinnerte er sich daran, dass er um zehn Uhr heute Abend das erste Date in seinem Leben hatte. Mit einer atemberaubenden Frau, die ihm die Haare schneiden wollte, also berühren würde. Ihn überkam ein mulmiges Gefühl, ein sehr mulmiges Gefühl. Obwohl er sich ganz genau daran erinnern konnte, dass er vor nicht einmal 20 Minuten voller Glück und Dankbarkeit im Mittelpunkt seines Universums auf seinem Balkon stand, war seine Gelassenheit nur bei dem Gedanken an Fee schon wieder wie weggeblasen. Erschreckend.

„Das liegt an mir.", hörte er seinen Elefant kleinlaut sagen. „Ich reagiere ständig automatisch auf Reize, die uns wichtig sind. Je wichtiger, desto heftiger. Es tut mir leid, aber darüber habe ich keine Kontrolle. Und wenn ich auf andere Elefanten treffe, scheint es mir so, als wenn das in unserer Natur liegen würde. Ich wenn du jetzt anfangen würdest, in diese Richtung weiter nachzubohren, würde ich sofort in den Schlafmodus fallen, denn das fühlt sich alles nicht gut an und für noch ein neues Experiment habe ich im Moment überhaupt keine Energie."

„Okay, aber irgendwann müssen wir uns darüber unterhalten, wie das mit den Gefühlen bei dir läuft!"

„Sicher, irgendwann!"

Herr Schmidt schaute auf die Uhr in seiner Küche. Sie war aus hellgrünem Plastik und hatte auf ihrem Zifferblatt eine kinderkonform gezeichnete Giraffe, die ihren Hals um sich selbst schlängelte. Es war jetzt zwanzig nach drei. Noch gut sechseinhalb Stunden. Ihm kam der Gedanke, dass er noch einiges zu regeln hatte, bevor er auf die ganz große Bühne seines Lebens treten könnte.

Kapitel 10: Aufbruch nach Poppenbüttel

Der Wasserkocher fiepte und Herr Schmidt goss den Tee auf. „Mein lieber Elefant, was geht noch mit dir?"

„Ich bin nicht sicher. Aber ich glaube, Poppenbüttel schaffe ich noch."

„Dann trinken wir noch in Ruhe den Tee aus und machen uns auf den Weg?"

Herr Schmidt hatte inzwischen das Gefühl, er müsse Verantwortung für seinen Elefanten übernehmen. Rücksicht, Respekt, Annerkennung. Wertschätzung für einen Gefährten, einen Verbündeten, der eigentlich er selbst war. Es war immer noch nicht einfach, alles für ihn so richtig zu begreifen. Normalerweise wäre er mit der U3 von der Feldstraße zur Kellinghusenstraße, dann mit der U1 nach Ohlsdorf und dann mit der S1 bis nach Poppenbüttel gefahren. Aber jetzt hatte er die Idee, dass sie sich ein Taxi nehmen sollten.

„Wir können ruhig mit der Bahn fahren, dich im Taxi zu erleben, stresst mich bestimmt noch viel mehr."

„Aber ich will auch den Hamster in seinem Käfig zurückbringen."

„Ich weiß, dass hast du vorhin schon einmal gedacht. Aber lieber mit Hamster in der U-Bahn, als mit dir im Taxi. Du bist ein prinzipieller Autohasser, deshalb brauchen wir gar nicht weiter zu diskutieren!"

Herr Schmidt war immer stolz auf seine konsequente Ablehnung des Blech-Kults gewesen, jetzt schien ihm jedoch die Haltung seines Elefanten unangemessen.
„Wir fahren Taxi – basta!"

Das Taxi stand 20 Minuten später vor der Tür. Herr Schmidt hatte noch überlegt, in Poppenbüttel anzurufen, um sicherzustellen, dass Barbara da sein würde, aber es dann doch wieder verworfen. Er hatte immer noch seinen Schlüssel, den er dann aber möglicherweise da lassen wollte. Und falls Barbara und seine Mutter nicht da wären, wäre das auch keine große Katastrophe. Es ging um das Zeichen, das Symbol seiner Freiheit, seines Erwachsenwerdens. Er brauchte keinen Zwerghamster mehr!
Er ging mit dem verpackten Hamsterkäfig in den Händen die Treppen hinunter. Jeder Schritt bergab gab ihm mehr Schwung und schon im 2. Stock musste er mächtig bremsen, um nicht das Gleichgewicht zu verlieren. Vor der Haustür wollte ihm der Taxifahrer, ein freundlicher Mann, Mitte fünfzig mit einem Turban, das Paket abnehmen, aber er bestand darauf, es eigenhändig vorsichtig auf die Rückbank zu legen. Dann setzte er sich auf den Platz daneben und nannte dem Fahrer das Ziel.

„Poppenbüttel? Schöne Gegend!", sagte der Turbanträger.

Herr Schmidt sagte nichts. Er wollte keine Beziehung zum Fahrer aufbauen, denn er hatte noch einige Fragen, die er mit seinem Elefanten zu klären hatte, jetzt, wo sie gemeinsam auf dem Weg waren. Als echte Gefährten im Dschungel der Abenteuer.

„Du weißt, wir haben vorhin nicht alles zu Ende durchdacht.", begann er forsch in Richtung seines Elefanten zu denken. „Wir haben von meinen 25 Schandtaten gegenüber Mama bis jetzt erst 19 besprochen. Die anderen sechs würde ich gern kennen, wenn wir Mama vielleicht gleich treffen. Also bitte: Was habe ich noch für Schandtaten fabriziert?"

„Du hast ihr dreimal Geld geklaut: insgesamt 5,90 Mark – in Euro wären das 2,95."

„Okay, das war bestimmt alles vor unserem 10. Geburtstag oder?"

„Ja."

„Was noch?"

„Du hast zweimal Sachen von ihr mutwillig zerstört: Einmal eine gemusterte Bluse von Aida Company und einmal die Kette und das Medaillon von ihrer Mutter, erinnerst du dich noch?"

„An der Bluse habe ich, glaube ich, gerissen, weil sie mir Stubenarrest geben wollte oder?"

„Ja, wir waren sieben und danach gab es sogar zwei Ohrfeigen."

117

„An das Medaillon erinnere ich mich nicht. Was war passiert?"

„Du hast es dir geschnappt, dann zuerst drauf herumgetrampelt und danach mit dem Hammer drauf eingeschlagen. Ich hatte dich noch nie so destruktiv erlebt. Wir waren zwölf Jahre alt und es ging darum, dass du die Schule nicht wechseln wolltest. Sie wollte aber unbedingt, dass wir auf das Gymnasium wechseln, weil sie dich auf der Gesamtschule für unterfordert hielt. Erinnerst du dich?"

„Ganz vage. In dem ersten Jahr auf der Gesamtschule fühlte ich mich irgendwie wohl."

„Wir hatten Frau Fischer als Klassenlehrerin."

„Genau – Frau Fischer! Sie hatte irgendwie so eine lockere Art."

„Und sie war außerdem auch ganz schön hübsch."

„Vielleicht auch das. Aber ich fand sie auch gut, weil sie uns mit Spaß etwas beibringen wollte. Und irgendwie hatten wir eine gute Stimmung in der Klasse. War nicht auch Joachim Brentz dabei? Ich glaube, selbst ihm gefiel es auf dieser Schule."

„Er ist dann trotzdem mit uns zum Gymnasium gewechselt."

„Echt? Das ist mir damals gar nicht aufgefallen. Dann schien er ja schon damals ganz schön an mir zu hängen."

„Ich glaube, wir waren damals sein bester Freund. Vielleicht sogar sein einziger."

Herr Schmidt fiel ein, dass er sich nicht daran erinnern konnte, ob er sein blaues Notizbuch eingesteckt hatte. Er fasste in die Innentasche seiner Jacke und fand es überraschenderweise doch. „Warst du das? Danke."

„Kein Problem, das mache ich automatisch."

„Trotzdem, danke. Wie ging es mit Medaillon weiter?" Herr Schmidt versuchte sich Stichworte zu machen, was während der Fahrt gar nicht so einfach gelingen wollte, weil er es nicht gewöhnt war, in einem Auto zu sitzen und dazu noch Notizen zu machen.

„Nicht so gut. Anstatt es wegzuschmeißen, hast du das vollkommen demolierte Stück ganz demonstrativ auf den Wohnzimmertisch gelegt. Als Mama es sah, war sie vollkommen sprachlos und weinte."

„Bestimmt vor Wut!"

„Vielleicht! Vielleicht auch, weil sie kaum noch etwas hatte, was sie an Oma erinnerte. Wir hatten Oma ja nie kennen gelernt, weil sie so früh gestorben war. Aber wütend war Mama auf jeden Fall auch. Nur, sie konnte nicht mehr sicher sein, dass du dich nicht wehren würdest, wenn sie es wieder mit körperlicher Gewalt versuchen würde. Wir waren inzwischen mindestens 5 Zentimeter größer als sie und hatten schon Haare am Sack. Sie drohte zwar, aber zögerte mit der Ausführung. Vielleicht, weil du sie so hasserfüllt angesehen hattest. Dann erklärte sie dir mit ihrer tiefsten Stimme, dass sie so unendlich traurig sei und nicht verstehen kann, warum du so furchtbar grausam bist. Sie sagte zum Abschluss, dass du sie an unseren Vater erinnern würdest, der war auch so ein furchtbar hinterhältiger Mensch."

„Also gab es keine Ohrfeigen?"

„Nein, wir haben nie wieder eine von ihr bekommen. Aber sie ignorierte uns die nächsten vier Wochen und daran hatte ich ganz schön zu knapsen. Du nicht. Du warst auf deinem einsamen Kriegspfad. Ich glaube, dass in dieser Zeit der Riss zwischen uns entstand."

„Du meinst, ich wusste damals schon, dass es dich gibt?"

„Ja, klar. Du hast wie alle anderen in unserem Alter vorher manchmal auf dein Gefühl gehört. Also nicht systematisch, sondern eher intuitiv, spontan - wenn es sein musste. Aber während der Wochen dieser Eiszeit bist du in deine eigene Eiswüste geflüchtet. Du hattest es geschafft, dich unabhängig von mir zu denken, jedenfalls weitgehend."

„Ich wollte alles abschalten, was zwischen mir und Mama war. Also auch den großen Teil meiner Gewohnheiten. Also auch dich. Das tut mir leid. Aber es war ein pubertärer, politischer Kampf - da gab es keine Kompromisse."

„Nur, du hattest ja in diesen Jahren nie vor, von ihr wegzukommen. Es war eher ein emotionaler Hungerstreik als ein Befreiungskampf."

„Wie auch immer - wie endete die Eiszeit?"

„Mit deiner letzten Schandtat und haarscharf an der maximalen Katastrophe vorbei."

Herr Schmidt zögerte und schaute über den Rückspiegel in das entspannte Gesicht des Taxifahrers. Er hatte einmal gelesen, dass die Sikhs sehr fortschrittliche spirituelle Wesen waren und es hätte ihn sehr interessiert, ob der Fahrer tatsächlich ein Sikh war. Aber er wollte sich nicht ablenken von dem letzten Akt seiner Schandtatenliste – HAARSCHARF AN DER MAXIMALEN KATASTROPHE VORBEI. Er brauchte nur einen Moment zum Sammeln, zum Durchatmen. Er sah auf der Uhr im Taxi, dass es jetzt 16:11 Uhr war. Eine gute Zeit für den Moment der Erinnerung - HAARSCHARF AN DER MAXIMALEN KATASTROPHE VORBEI.

„Entschuldigung.", sagte er plötzlich laut zu dem Taxifahrer und beugte sich vor. „Darf ich Ihnen einmal eine persönliche Frage stellen?"

Der Taxifahrer nickte und lächelte ihn über den Rückspiegel an.

„Gut. Danke. Meine Frage ist, wenn Ihnen jemand die Beschreibung geben würde: HAARSCHARF AN DER MAXIMALEN KATASTROPHE VORBEI. Was würden Sie glauben, was könnte das bedeuten?"

Der Taxifahrer nickte kurz, um zu signalisieren, dass er die Frage verstanden hatte. Dann lächelte er und sagte: „Das Paradies!"

Herr Schmidt schluckte einen Moment und lacht dann kurz auf. Dann bedankte er sich bei dem Fahrer, der inzwischen auch angefangen hatte zu lachen, allerdings so herzhaft und ansteckend, dass auch Herrn Schmidt wieder ins Lachen einstimmte. Er lachte und lachte, dankbar und froh, sich diese Taxifahrt erlaubt zu haben.

Kapitel 11: Ankunft in Poppenbüttel

In Poppenbüttel regnete es leicht. Regen, muss man dazu sagen, fand Herr Schmidt eigentlich nicht schlimm, sondern eher gut. Also, gut für das Land, die Pflanzen, die Tiere und somit auch für die Menschen. Regen ist Wasser und Wasser ist Leben. Leben ist nicht selbstverständlich, das hatte er nun ja aus eigener Erfahrung gelernt. Die beiden spirituellen Stillstands-Erfahrungen des Universums hatten ihn wahrlich weit über das notwendige Alltagsbewusstsein hinaus verändert. Die Erkenntnis, dass nichts selbstverständlich ist, kann ein Mensch erst dann wirklich unwiederbringlich in sich verankern, wenn er den Stillstand des Universums erlebt hat. Selbst die Drehung des Universums ist nicht selbstverständlich. Es ist eine Leistung! Möglicherweise die Leistung aller Leistungen, denn mit ihr fing alles an. Würde sich das Universum jedoch nicht drehen, hieße das aber nicht sofort, dass alles ins Nichts oder in schwarze Materie zerfallen würde. Dann stellte sich für den Menschen schlicht und einfach die Frage, ob er allein ist oder nicht. Und darauf wusste Herr Schmidt nun auch die passende Antwort.

Herr Schmidts Elefant hatte sich nach seinem Lachanfall im Taxi kommunikativ erst einmal ausgeklinkt. Das war vom Timing sicherlich etwas unglücklich, denn er hätte schon gerne gewusst, was konkret HAARSCHARF AN DER MAXIMALEN KATASTROPHE VORBEI bedeutete. Andererseits kann die Unwissenheit auch viele Vorteile mit sich bringen, was sich doch auch bei seiner Begegnung mit der Mücke gezeigt hatte. Hätte man ihn vorher gefragt, hätte er sich auf jeden Fall geweigert, diese Erfahrung zu machen. Erfahrungen machen – Vertrauen haben.

Vertrauen war eines dieser mächtigen Worte, die er nur sehr selten benutzte. Er wollte immer sicher sein, Gewissheit haben. Nun wurde ihm klar, dass Vertrauen nicht in Konkurrenz zur Gewissheit steht, sondern sich auf einen anderen Zeitraum bezieht, auf die Zukunft. Für die Zukunft kann kein Mensch Gewissheit haben, weil sie noch nicht passiert ist. Deshalb hatte er sich früher auch überhaupt keine Gedanken über seine Zukunft gemacht, er wollte nur, dass, wenn möglich, alles so bleibt, wie es ist. Er war wirklich ein hochgradig elefantöser Reiter. Nun war seine Zukunft tatsächlich wesentlich mehr in den Fokus seiner reiterlichen Aufmerksamkeit gerückt: Gleich die mögliche Auseinandersetzung mit Barbara und Mama, später das Date mit Fee. Herr Schmidt genoss, dass sein Herz sofort heftig anfing zu schlagen, sobald er nur ihren Namen in seinen Gedanken bewegte.

Das Taxi bog langsam in die Strasse seiner fast 40 Jahre währenden Kindheit ein. Herr Schmidt wusste bis vor wenigen Jahren nichts über den Stadtteil, in dem er groß geworden war. Es hatte ihn nicht interessiert. was außerhalb seiner beiden Räume im Souterrain des Hauses seiner Mutter passieren würde. Er hätte von ihm aus überall auf der Erde leben können, wenn der Stress vergleichbar niedrig gewesen wäre. Die Frage, warum Poppenbüttel Poppenbüttel hieß, hatte ihn auch nicht interessiert, obwohl der Begriff POPPEN natürlich während seiner Schulzeit für den einen oder anderen schmutzigen

Kalauer gesorgt hatte. Alles nicht besonders originell und Herr Schmidt selbst hatte sich auf diesem Gebiet nie hervorgetan.

Als er dann aber vor drei Jahren auf einen Info-Stand zur Poppenbüttler Geschichte am Poppenbüttler Markt traf, merkte er, dass selbst Poppenbüttel es verdient haben könnte, einen kleinen Teil seiner wertvollen Aufmerksamkeit zu bekommen. Dass schon seit über 4.000 Jahren Menschen an diesem Ort lebten und wahrscheinlich ein Geistlicher im Mittelalter mit dem Namen Poppo für die Namensgebung des Dorfes verantwortlich war, beeindruckte ihn zunächst kaum.

Dann sah aber er eine Infotafel, auf der geschrieben stand, dass ein Polizist namens Norbert Schmid der erste Mensch war, der von der Roten Armee Fraktion erschossen wurde. Am 22. Oktober 1971 vor dem Einkaufszentrum Alstertal. Nun gut, da war er selbst noch gar nicht geboren und sein Vater Norbert hatte ein zusätzliches T am Ende seines Namens und war seines Wissens auch nie Polizist. durch diese Information über diese historische Begebenheit begann Herr Schmidt, eine persönliche Bindung zu Poppenbüttel zu knüpfen. Der erste Tote der RAF. Das Viertel seiner Kindheit war also tatsächlich einmal für einen tödlichen Moment ein Brennpunkt. Hier gab es Terroristen. Vielleicht gibt es immer noch welche? Vielleicht wohnen welche sogar nebenan? Vielleicht hatte er es sich all die Jahre zu einfach gemacht und er hätte schon viel früher hinter die eine oder andere Fassade schauen sollen, die sein Leben umgab?

Der lächelnde Weise mit dem Turban schaltete den Motor aus. Sie waren angekommen. Es war jetzt 16 Uhr 29. Herr Schmidt griff zu seinem Portemonnaie und bezahlte die Fahrt. Dann stieg er aus, ging um den Wagen herum, öffnete die andere Tür und zog den Hamsterkäfig hervor. Der Nieselregen hatte wieder aufgehört. Er verabschiedete sich von dem Fahrer mit einem Lächeln und den besten Wünschen für das weitere Geschäft und schubste mit seinem Knie die Autotür zu. Das Taxi entfernte sich und Herr Schmidt konnte sehen, dass im Haus Nummer 27 jemand zu Hause war. Wahrscheinlich schaute der inzwischen pensionierte Polizist Herr Herbert aus elefantöser Gewohnheit aus seinem Küchenfenster, um zu kontrollieren, wer denn in seinem Reich eingedrungen wäre. Vielleicht war er ja auch an dem Tag im Oktober 1971 im Einsatz? Vielleicht hatte er auch sein Leben riskiert? Gern hätte Herr Schmidt dies in Erfahrung gebracht. Aber vielleicht war der alte Mann inzwischen senil, aber immer noch im Besitz einer Waffe, hatte eben den Turban des Taxifahrers gesehen und fühlte sich jetzt bedroht? Hier galt es abzuwägen – Neugierde hin oder her. Herr Schmidt entschied sich dafür, seinen im Moment sehr schweigsamen Elefanten nicht unnötig strapazieren, seinen Entschuldigungsbrief einfach in den Briefkasten zu schmeißen und dann gleich weiter zur Hausnummer 29 zu gehen.

Die Doppelhaushälfte seiner Mutter war eine angenehm zeitlose Erscheinung. Zwar Mitte der Sechziger gebaut, aber keiner Epoche oder Stilrichtung zuzuordnen. Weiß, eckig, zweistöckig nach vorn und mit einem Souterrain nach hinten, weil das Grundstück nach hinten hin stark abfiel. Mit Flachdach und mittelgroßen Fenstern, die mittig in den Wänden saßen. Der Vorgarten war klein und nahm auf der einen Seite die Mülltonnen hinter einem schmalen Pfad und drei großen Büschen auf. Auf der anderen Seite waren einige Gehwegplatten mit etwas Rasen und verschiedenen Büschen und Ziersträuchern umrahmt. Auf den Gehwegplatten standen Mamas und Barbaras Fahrräder, miteinander angeschlossen. Daneben stand eine angebaute Garage ohne erkennbaren Zufahrtsweg, deren Wandfarbe ins helle Ocker ging, mit zwei weißen, befensterten Schwenktüren, wobei die Linke so aussah, als wäre sie seit Jahrzehnten nicht geöffnet worden. Um all das herum gab es einen niedrigen, weißen Holzzaun und eine kleine hängende Pforte, die immer halboffen stand.

Herr Schmidt war stehen geblieben. Er versuchte noch einmal in Kontakt mit seinem Elefanten zu kommen: „Wenn mich jemand nach den Details des Hauses gefragt hätte, hätte ich ihm wahrscheinlich nicht einmal die genaue Anzahl der Fenster sagen können, aber du hast bestimmt auch abgespeichert, wie viele Gehwegplatten auf dem Weg zum Haus liegen oder? Hallo? Willst du mir nicht doch noch verraten, was mich da drinnen erwarten könnte? Oder was meine Schandtat Nummer 27 war? Nein? Okay, du wirst schon deine Gründe dafür haben. Dann vertraue ich dir einfach weiter."

Er ging weiter durch die Pforte über den kurzen Weg zum Hauseingang und klingelte. NÖÖÖP – NÖÖÖÖP. Es war schon ewig her, dass er die Klingel selbst gedrückt hatte. Das Klingelgeräusch war schrecklich. Als ob damit die Hoffnung verbunden war, dass jeder, der sie einmal gedrückt hatte, sie niemals wieder benutzen würde wollen.

Es dauerte eine Weile, bis jemand an die Tür kam. Durch das Milchglasfenster in der Haustür konnte er die Gestalt von Barbara erkennen. Ihre langen grauen Haare und einen von den hellen Pullis, die sie so oft trug. Eigentlich trug sie fast immer weiß, elfenbeinfarben oder weiß. Hin und wieder mit einer kleinen farbigen Nuance – einem fliederfarbenen Schal oder türkisen Schuhen. Sie maß den Farben, besonders denen, die sie am Leib trug einen ganz besonderen Wert zu. Sie glaubte auch, dass ein großer Teil des Weltleides nicht zu ändern war, solange fast alle wichtigen Staatsmänner ständig dunkle Anzüge trugen. Dunkle Farben transportieren ganz andere Schwingungen als helle. Dunkle Farben erzeugten dunkle Gedanken.

Die Haustür wurde von innen aufgeschlossen und öffnete sich einen Spalt. Barbara Gesicht spähte hinaus und lachte überrascht.

„Der Olli! Na das ist ja mal eine Überraschung! Damit hätte ich ja nie gerechnet!" Sie riss die Tür auf und umarmte ihn herzlich, so gut es ging mit dem Hamsterkäfig, den Herr Schmidt einarmig ein bisschen zur Seite drückte.

„Der Olli! Wie schön, dich zu sehen, mein Geburtstagskind! Wie schööön, dass duu geboren bist, wir hätten dich sonst sehr vermisst, mein liebster Zurückkehrer!"

Barbara war die einzige, die ihn von klein auf an OLLI nannte. Es kam ihm immer so ein bisschen vor, als würde sie es aus Verlegenheit tun, aber mit den Jahren hatte er sich daran gewöhnt. Barbara trat einen Schritt zurück und schaute auf den Hamsterkäfig.

„Du bringst ihn zurück? Na, da wird deine Mutter ja schön enttäuscht sein! Aber was soll's – du bist heute das Geburtstagskind und dann soll es heute auch nach dir gehen! Komm doch erst mal rein – warum hast du eigentlich geklingelt? Du hast doch noch deinen Schlüssel oder?"

Barbara sprudelte wie ein Wasserfall und Herr Schmidt folgt ihr wortlos lächelnd ins Haus. Der Flur war fast quadratisch, gefliest mit weißem Marmor. Er stellte das Hamsterpaket auf einen kleinen Tisch neben der Garderobe. Vom Flur gingen drei Türen ab und eine offene Treppe in den ersten Stock. Gäste-WC, Küche und Wohnzimmer. Alle Wände waren weiß und mit großen Bildern moderner Kunst oder esoterischen Symbolen behängt. Die Tür zur Küche stand offen.

„Wo ist Mama?", fragte Herr Schmidt.

„Sie ist kurz drüben bei den Bettmers. Julia hat Schwierigkeiten mit ihrem Ex-Mann und du weißt ja, wie sehr Mama solche Themen liebt. Soll ich ihr Bescheid sagen, dass du da bist?"

„Hm, vielleicht später. Ich würde gern erst einmal mit dir allein sprechen. Passt dir das?"

Barbara sah ihn verwundert an. Erst nur so, dann leicht von links und von rechts, während sie dabei ihre Arme mit voll gespreizten Finger in einer kurvigen Bewegung durch die Luft bewegte.
„Olli, was ist mit dir passiert? Du siehst anders aus und deine Aura strahlt ganz anders – geht es dir gut?"

„Vielleicht ging es mir nie besser – macht bestimmt das Alleine wohnen."

„Ja, aus deiner Wohnung könnte man sicherlich etwas Schönes machen, wenn man sie gründlich räuchern würde. Im Moment schwingt dort noch eine Menge dunkler Energie, als wenn da jemand vor nicht allzu langer Zeit verstorben wäre."

„Echt? Habe ich noch nicht gemerkt. Wollen wir in den Garten gehen?"

Der Garten war immer schon ein schöner Ort zum Nachdenken, zum Entspannen und natürlich auch zur Gartenarbeit. Herr Schmidt hatte in diesem kleinen Paradies noch keinen Handschlag getan, außer seinem halbherzigen Versuch, zwischen zwei Bäumen eine Hängematte aufzuhängen, was ihm dann leider nicht gelang, weil der eine Ast abgeknickt war. Barbara ging vor und wusste nicht so richtig, worauf die Situation hinauslaufen sollte. Sie ging unschlüssig ein paar Schritte auf dem sorgsam rasierten Rasen hin und her und schaute dabei nervös zu ihm rüber.

„Wollen wir uns nicht kurz an den Tisch in den Schatten setzen?", fragte er mit einem Lächeln. Barbara wurde immer nervöser, weil jeder Satz, jede Bewegung, jedes Lächeln immer weniger zu dem Olli passte, den sie bisher kannte.

„Ja, gut. Möchtest du vielleicht etwas trinken?"

„Vielleicht später. Zunächst," - er zog einen Stuhl vor und bot ihn Barbara an, bevor er sich auf einen anderen setzte. „Zunächst möchte ich mich bei dir entschuldigen."

„Wofür?"

„Nun ja, wir kennen uns ja schon so lange... und ich hatte einfach das Bedürfnis, mich endlich für die kleinen Fiesheiten, die ich dir vor dreißig Jahren angetan habe, bei dir zu entschuldigen."

„Was meinst du?" Sie schaute ihn vollkommen entgeistert an und ihr linkes Augenlid fing an zu zucken. Das kannte Herr Schmidt noch gar nicht von ihr und er war dementsprechend auch etwas verwundert. Er lächelte seine Überraschung einfach weg und beugte sich vor.

„Na ja, die Sachen mit deinem Fahrrad: ich habe dir damals mehrmals – um es präzise zu sagen: sechs Mal das Ventil rausgedreht, vielleicht erinnerst du dich noch?"

„Äh, nein. Aber vor dreißig Jahren, da warst du 10 Jahre alt – das waren dann bestimmt nur dumme Jungenstreiche oder?"

„Ja, aber es war doch boshaft von mir und deshalb ist es mir wichtig, dass du meine Entschuldigung annimmst. Bitte."

„Ja sicher, ich nehme deine Entschuldigung an. Und weist du auch noch, warum du es gemacht hast?"

„Ich glaube, ich war damals eifersüchtig auf dich."

„So, warum das denn?" fragte Barbara mit etwas zittriger Stimme.

Herr Schmidt überlegte einen Moment, ob er die Chance nutzen und gleich das nächste Paket abladen sollte. Er zögerte noch und schaute in den Himmel. Das Blaue erschien ihm hier in der Vorstadt nicht ganz so intensiv wie auf St. Pauli. Hier war der Himmel viel weiter, weil die Bebauung nicht so hoch in den Himmel ragte. Vielleicht wirkte der Himmel durch die Weite hier etwas blasser. Er schaute wieder auf Barbara, deren linkes Augenlid immer noch zuckte. „Na gut.", dachte er, „wenn sich dein Elefant schon so offensichtlich vorfreut, dann will ich dich auch nicht enttäuschen."

„Na ja, ihr, also du und Mama, ihr hattet euch ja schon früher so gut verstanden. Und ihr ward so liebevoll miteinander und als ich dann erfahren hatte, dass du gar nicht meine Tante, also, ich meine, meine leibliche Tante bist, da überkam mich halt so eine jungenhafte Eifersucht. Verstehst du, was ich meine?"

Barbaras Gesicht verriet, dass sie verstand, was er meinte. Nur sie wusste nicht, wie sie darauf reagieren sollte. Nach all den Jahren kommt der halbautistische, vollkommen ahnungslose Olli jetzt plötzlich mit diesem Thema zu ihnen nach Hause. An seinem Geburtstag. Sie fühlte sich bedroht und entschied sich, die Flucht nach vorn anzutreten.
„Lesbisch zu sein ist kein Verbrechen! Gott sei dank – heute nicht mehr!"

LESBISCH! Was für ein merkwürdiges Wort. Er hatte dieses merkwürdige Wort noch nie in den eigenen Mund genommen.
„Lesbisch?", fragte er nach.

„Ja, lesbisch! Das wolltest du doch hören oder?"

„Moment Mal, ich wollte gar nichts hören! Ich wollte mich nur bei dir entschuldigen. Das war alles, was ich wollte. Aber du wolltest es mir scheinbar erzählen. Vielen Dank auch! Es tut immer gut zu erfahren, dass die eigene Mutter lesbisch ist. Ich hoffe nur, ihr seid dabei glücklich!"

„Nicht mehr.", entgegnete Barbara überraschend offen und schaute betrübt auf den Boden. „Wir waren sehr glücklich - eine lange, wunderbare Zeit. Aber es ist genauso wie in anderen Beziehungen auch - die Liebe kühlt irgendwann ab und dann bleiben die Zärtlichkeiten auf der Strecke. Bei uns läuft schon seit Jahren nichts mehr und ich bedaure dies sehr. Aber Erika weist mich nur noch ab."

„Wow!", dachte Herr Schmidt und fing an, sich zu fragen, ob er gleich noch die Details und Vorlieben des lesbischen Sexuallebens seiner Mutter erfahren würde. Diese Vorstellung war eklig, vollkommen unabhängig, ob lesbisch oder nicht. Dann fiel ihm ein, dass Barbara ja eine der wenigen Quellen für die Beziehung seiner Mutter zu seinem Vater war und er könnte versuchen, das Gespräch in diese Richtung zu lenken.
„Das tut mir sehr leid für euch. Aber darf ich dich noch einmal etwas anderes fragen? Du kennst doch auch meinen Vater schon so lange – wie war eigentlich die Beziehung zwischen ihm und Mama?"

Barbara war erleichtert, dass Herr Schmidt das Thema wechselte. Sie schaute sich um, wie um sich zu vergewissern, dass sie noch alleine waren.

„Dein Vater war sehr jung, als er deine Mutter kennen lernte. Sagen wir es mal so: Erika hatte schon einige Erfahrungen hinter sich, ich meine mit anderen Männern und auch mit Frauen. Sie hatte gemerkt, dass sie sich eigentlich viel mehr zu Frauen hingezogen fühlte, aber sie war eben auch schon 36 Jahre alt - dein Vater war 21. Und sie wollte ein Kind. Sie wollte dich. Und damals war das alles noch nicht so einfach wie heute. Es gab keine Samenspender oder Möglichkeiten, sich künstlich befruchten zu lassen. Und dein Vater fühlte sich irgendwie angezogen von deiner Mutter. Sie war erfahren und sehr willensstark, das weißt du ja auch. Also ließ sie sich von ihm schwängern, was auch erstaunlich schnell klappte. Dann hatten sie ungefähr ein gemeinsames Jahr, in dem sie dir eine ganz normale Familie geben wollten. Ich war dann eben die Tante. Aber Erika konnte dieses Theater gegenüber deinem Vater einfach nicht länger ertragen und deshalb erzählte sie ihm alles. Wahrscheinlich auf eine Art und Weise, die so eindeutig und schmerzhaft war, dass dein Vater daran irgendwie zerbrochen ist. Er war wohl doch sehr in sie verliebt, wobei ich mich frage, warum überhaupt, denn sie behandelte ihn eigentlich von Anfang an wie ein... wie ein nützliches Spielzeug. In seiner Verzweiflung stürzte sich dein Vater mit voller Kraft in die Arbeit und er wurde ein erfolgreicher Geschäftsmann. Erika hatte natürlich nichts dagegen - eigentlich leben wir immer noch von der Unterstützung deines Vaters. So weit ich weiß, hat er bis vor kurzem immer noch erhebliche Beträge überwiesen, die wohl für dich gedacht waren. Jetzt, mit deinem Auszug wird sich das wohl ändern."

Herr Schmidt hätte nicht gedacht, dass Barbara sich so auskunftsfreudig zeigen würde. Die Fülle an Information überforderte jedoch seine Vorstellungskraft und er hätte gern erst einmal alles sacken lassen. Aber er wusste ja, dass sein Elefant jedes Wort aufnehmen würde und er im Nachhinein noch weiter darüber nachdenken könnte. Außerdem wollte er diesen kostbaren Moment nutzen, um weitere Informationen von Barbara zu erhalten, die er sonst vielleicht nie wieder bekommen könnte.

„Was hat meine Mutter eigentlich all die Jahre gemacht? Ich meine beruflich?"

„Och, eigentlich war sie lange Jahre einfach nur Hausfrau und hat sich um dich gekümmert. Arbeiten musste sie ja nicht wirklich. Aber sie hat natürlich viele ehrenamtliche Sachen gemacht. Sich um die Rechte von Benachteiligten gekümmert, von Kindern, Frauen und besonders von Frauen, die nach sexueller Gewalt von Männern nicht mehr in der Lage waren, ein normales Leben zu führen. Sie hat mehrere Stiftungen gegründet und sich in politischen Parteien abgearbeitet, um die Welt ein bisschen besser zu machen."

„Und, hat das funktioniert?"

Herr Schmidt schaute auf Barbara, die jedoch an ihm vorbei zur Terrasse des Hauses schaute und nicht mehr antwortete.

„Hat was funktioniert?", fragte eine tiefe Stimme hinter seinem Rücken.

Er drehte sich um, und sah seine Mutter auf der Terrasse stehen. Der Klang ihrer Stimme hallte immer noch in seinen Ohren wieder und ließ seine Nackenhaare zu Berge stehen. Er musste gegen seinen Fluchtimpuls ankämpfen und atmete tief durch. Sie näherte sich mit langsamen Schritten und breitete ihre Arme aus.

„Jungchen, mein Jungchen! Das ist aber eine schöne Überraschung! Ich dachte schon, du hast mich verlassen, aber jetzt bist du wieder hier! Bei mir!"

Kapitel 12: Showdown in Poppenbüttel

Seine Mutter war schon immer eine sehr kleine Person und hatte mit dem Alter noch weitere Zentimeter eingebüßt. Sie trug einen leichten, dunkelroten Sommermantel, der ihr bis kurz über die Knie reichte. Sie wirkte mit ihrer aufrechten Haltung und ihren kurzen Haaren, der starken Nase und dem kräftigen Kinn sehr respektvoll, wie eine mächtige Königin aus dem Zwergenland. Ihre grünen Augen sprühten immer noch vor Entschlossenheit und ihre geschwungenen Augenbrauen gaben ihr so einen geheimnisvollen Ausdruck, mit dem man in Filmen gerne kleinere Kinder erschreckte.

Herr Schmidt stand auf und überragte sie um fast zwei Köpfe. Sie drücke ihr Gesicht an seinen Solarplexus und begann leise zu schluchzen. Ihm war gar nicht aufgefallen wie klein sie inzwischen war, weil er sie wohl 20 Jahre nicht mehr umarmt hatte.

„Genau 21 Jahre, 3 Monate, 4 Tage, 12 Minuten und 17 Sekunden. und ich glaube, es wäre nützlich, wenn ich dich jetzt kurz über deine 27. Schandtat in Kenntnis setze."

„Schön von dir zu hören!", sagte Herr Schmidt halblaut, worauf ihn seine Mutter von schräg unten anschaute. Herr Schmidt lächelte und drückte sie wieder an sich.

„Dann schieß los – ich bin gespannt!", dachte er in Richtung seines Elefanten.

„In dem Sommer, als wir 13 Jahre geworden waren, also in der Schlussphase des langwierigen Streits mit Mama über den Schulwechsel auf's Gymnasium, sind wir mit Mama und Tante Barbara in einem Ferienhaus in Dänemark gewesen. Du warst in den Wochen vorher äußerst verbittert und voller negativer Gedanken, was den Schulwechsel anging. Nach einem Gespräch mit Frau Fischer musstest du einsehen, dass du keine Chance hattest, dich gegen Mamas Entscheidung zu wehren. Deine Verzweiflung drehte alle deine Gedanken in Richtung Rache und Vergeltung. Und weil unser Kontakt nur noch auf ein Minimum beschränkt war, konnte ich nur hilflos zusehen, wie du dich immer mehr in deine Rachegelüste hinein gesteigert hattest. Du hattest angefangen, Kriminalromane aus der Bücherhalle zu verschlingen und langsam entwickelte sich bei dir ein Plan. Erinnerst du dich?"

„Ja, an den Streit kann ich mich erinnern, auch an eine Reise nach Dänemark - allerdings nur ganz vage. Es war ein kleines Holzhaus mit Holzfußboden, Veranda und einer kleinen Galerie, auf der ein Schlafsofa stand."

„Genau, da haben wir geschlafen. Mama und Barbara hatten ihr Schlafzimmer. Eines Nachts - du konntest mal wieder nicht schlafen, bist du aufgestanden und leise hinunter in die Küche geschlichen. Du hattest alle Fenster geschlossen und dann den Herd so manipuliert, dass er sein Gas in das Haus strömen ließ, weil du hofftest, dass sich Mama wie üblich morgens als Allererstes eine Zigarette anzündete und damit die gesamte Situation zur Explosion bringen würde. Mit anderen Worten, du hast mit 13 Jahren versucht, deine Mutter umzubringen."

„Das meinst du doch jetzt nicht im Ernst oder?", fragte Herr Schmidt halblaut. Ihm wurde flau im Magen und er konnte die schweigende Umarmung mit seiner Mutter nicht mehr halten. Er schob sie ein bisschen zur Seite und musste sich setzen.

„Was sagtest du eben?", fragte seine Mutter nach. „Was meine ich nicht im Ernst?"

„Ach, das ist eine lange Geschichte, die erzähle ich dir irgendwann mal. Geht es dir gut?"

„Nun, ja. Du hast mich ja ganz schön zappeln lassen auf meine alten Tage."
Ja, seine Mutter war alt geworden - 76 Jahre alt - genau genommen. Ihre funkelnden Augen in ihrem faltigen Gesicht musterten ihn streng.

„Wie ist es ausgegangen? Erfolg hatte ich scheinbar nicht." dachte er weiter.

„Die Kartusche des Herdes war glücklicherweise fast leer und du wolltest ja draußen Wache halten und wir sind dann auf der Terrasse eingeschlafen. Dein ganzer Plan blieb bis heute unentdeckt."

„Jungchen? Hörst du mir zu? Hat dein Vater dich angerufen? Er hat mich bedroht, um deine Telefonnummer zu bekommen. Außerdem hat er einen Detektiv auf uns angesetzt und weiß womöglich über alles, was wir tun,

Bescheid. Ich möchte, dass du das weißt, jetzt wo du auf deinen eigenen Beinen stehst."

„So? Das ist gut zu wissen."
Herr Schmidt war mit der Situation vollkommen überfordert. Allein die Stimme seiner Mutter strapazierte ihn so sehr, dass er keinen klaren Gedanken mehr fassen konnte, noch dazu, dass er als erfolgloser Muttermörder überhaupt keinen Boden mehr unter seinen Füßen spürte. Er wäre jetzt gerne auf seinem Balkon in Sicherheit, statt in dieser Schlangengrube.

„Erinnere dich an den Stillstand des Universums – macht es denn einen Unterschied, ob Balkon oder Schlangengrube?", fragte ihn sein Elefant im sanften Ton.

„Eigentlich nicht!", antwortete Herr Schmidt ihm. „Eigentlich könnte ich mich jetzt einfach für ein paar Minuten hier in den Gartenstuhl legen, in den Himmel schauen und abwarten, was das Universum mir schenkt." Er schaute in den Himmel und merkte, dass er das EIGENTLICH gar nicht mehr in seinen Gedanken brauchte.
„Mama, wenn du nichts dagegen hast, würde ich gern in Ruhe darüber nachdenken, was du mir gerade gesagt hast. Also lege ich mich ein paar Minuten dahinten in den Gartenstuhl und dann sprechen wir später weiter, einverstanden?"

Ohne eine Antwort abzuwarten, ließ er seine Mutter und Barbara, die in aller Stille versucht hatte, ihr zuckendes Augenlid wieder unter Kontrolle zu bekommen, stehen und stapfte los. Er schob sich den Gartenstuhl zu Recht und machte es sich bequem. Und weil von seiner Mutter erst einmal keine Reaktion mehr kam, konnte er sich tatsächlich auf seine Schandtat Nr. 27 einlassen. Seine eigene Mutter ermorden wollen - das war schon ein starkes Stück.

„Wie geht es dir mein Lieber?", dachte er in Richtung seines Elefanten.

„Irgendwie nicht schlecht. Als uns Mama umarmt hat, merkte ich, dass ich mich noch sehr mit ihr verbunden fühle. Aber ich weiß, dass es nie wieder so werden kann, wie es einmal war."

„Entschuldige, aber das ist mir alles zu schwammig. Irgendwie wüsste ich gern etwas präziser, wie es dir geht."

„Durchwachsen, mulmig, ängstlich, traurig, erschöpft aber mit einer Spur Hoffnung! Was willst du hören?"

Herr Schmidt dachte nach. Er war jetzt gefordert, denn die Funkstille, die vorhin zwischen ihm und seinen Elefanten herrschte, hätte auch in die Hose gehen können. Wenn sein Elefant sich nicht kurz vor der Begegnung mit seiner Mutter wieder gemeldet hätte, wäre die Situation wahrscheinlich eskaliert, weil er kurz davor war, die ganz große Keule rauszuholen und seiner Wut freien Lauf zu lassen. Er suchte nach einer Möglichkeit, nach einem System, mit dem er von seinem Elefanten klare Informationen bekommen könnte, um dann gute Entscheidungen zu treffen. All die widersprüchlichen Aspekte müssten irgendwie vergleichbar und skalierbar werden, um seine innere Entwicklung zu verstehen. Und es müsste einfach sein, damit es auch in Krisensituationen funktionieren würde.

„Du hast vor 6 Jahren, 3 Monaten, 12 Tagen, 9 Stunden, 26 Minuten und 24 Sekunden mal ein Buch aus der Hand gelegt, in dem es um Skalierungsfragen ging – erinnerst du dich noch?"

„Skalierungsfragen? Ja, da hatte ich mal was zu gelesen."

„Also, deine Frage war ja, wie ich mich jetzt fühle – alles zusammen unterm Strich: auf einer Skala von 0 bis 10 wäre das eine 5,4 – hilft dir das?"

„0 ist SCHLECHTER geht's nicht und 10 ist BESSER geht's nicht?"

„Ja."

„Das heißt, alles zusammen stehst du ein ganz kleines bisschen im Positiven?"

„Ja, ich könnte auch sagen, die ganze Situation gibt mir ein kleines bisschen Kraft."

Bei Herrn Schmidt klickte es.
„Oh, das ist wichtig! Die Übersetzung von Gefühl und Kraft ist der Schlüssel! Weil wir doch für alles Energie brauchen, ist unsere Kraft - also die Energie, die wir jetzt im Moment zur Verfügung haben - entscheidend. Übersetzt wären dann also alle Werte über 5 Kraft gebend und alles unter 5 Kraft raubend!"

„Warum raubend und nicht kostend?", fragte sein Elefant neugierig.

Herr Schmidt dachte wieder nach. Nichts im Leben ist selbstverständlich. Alles im Leben kostet Kraft. Aber schlecht fühlt sich etwas erst an, wenn es unnötig oder ungerechterweise Kraft kostet. Wenn es sich so anfühlt, als würde einem Kraft geraubt.

„Oh ja, das ist gut! Das können wir so machen. Diese Idee gibt mir eine Menge Kraft – ich bin jetzt auf einer 8,4! Und wo stehst du?"

„Ich bin bei 9,6 – weil du bei mir bist!"

„Und weil du dich auf dein Date freust?"

„Und weil ich mich auf Papa freue – und weil ich gerade hier liege und in den Himmel schauen kann und nicht allein bin, selbst wenn das Universum jetzt stillstehen würde."

Aber das Universum drehte sich weiter. Hier gab es keine Möwen wie auf seinem Balkon, sondern nur kleine dunkelbraune Piepmätze, die sich jagten und dabei anzeterten. Herr Schmidt schloss die Augen und horchte. Im Hintergrund summten einige Bienen und er erinnerte sich an die Mücke auf seinem Balkon.

„Du hast mir noch nicht verraten, wie der Mückentrick abgelaufen ist – nur, dass du mich damit nicht verunsichern wolltest. Wann willst du mir davon mehr erzählen?"

„Bald! Sehr bald!"

„Jungchen! Jungchen! Was hast du dir dabei gedacht? Du elender, undankbarer Bastard!"

Herr Schmidt öffnete die Augen. Es war nicht das erste Mal, dass seine Mutter ihn in Rage BASTARD genannt hatte, aber an eine Kombination mit ELENDER und UNDANKBARER konnte er sich nicht erinnern.

„Noch nie!", bestätigte ihm sein Elefant. „Ich tippe auf den Hamster."

„Wahrscheinlich, aber vielleicht hat ihr auch Tante Barbara von meinen Fragen erzählt."

„Jungchen! Hörst du mich nicht?"

Die Stimme seiner Mutter war kein Stück näher gekommen, sie schien darauf zu warten, dass er zu ihr auf die Terrasse kommen würde.

„Muttchen, was ist denn? Warum regst du dich so auf?" Herr Schmidt grinste in sich hinein – MUTTCHEN war ihm spontan eingefallen und es gefiel ihm. Er rappelte sich hoch und schaute sie an. Sie hatte tatsächlich nur einen Zwergenschritt von der Terrasse auf den Rasen gewagt und stand nun in dem gepflegten Grün wie ein Strandurlauber, dessen Füße bemerkt haben, dass das Wasser des Grasmeers doch noch recht kühl ist.

Er hatte große Lust, sie da noch etwas stehen zu lassen, aber - er erinnerte sich daran, dass Bösartigkeiten nicht weiterhelfen. Er stand auf und schlenderte in ihre Richtung.

„Muttchen! Was hast du auf dem Herzen, dass du mich derart beleidigen musst!"

„Was ... was fällt dir ein..." stotterte sie verunsichert.

„Was fällt DIR ein, frage ich mich! Mich als elenden, undankbaren Bastard zu bezeichnen, spricht nicht unbedingt für dich. Es aber noch nicht einmal zu bemerken, ist selbst in deinem Alter ungehörig."
Herr Schmidt sah die Chance, sich endlich von all seinen Schandtaten gegen seine Mutter zu befreien.
„Weißt du, Muttchen – ich habe mich in den letzten Jahren auch öfter Mal respektlos dir gegenüber verhalten und so manche Schandtat vollbracht. Dafür möchte ich mich ganz ehrlich bei dir entschuldigen, weil ich dich lieb habe. Und ich wünsche mir von dir, dass du mich in Zukunft genauso respektvoll behandelst, denn ich weiß, dass du mich auch lieb hast."

Ein Schütteln ging durch ihren kleinen, kernigen Körper. Noch nie hatte sich ihr Sohn so selbstbewusst und eloquent widersetzt. Sie wusste gar nicht, wie ihr geschah. Herr Schmidt schaute sie freundlich an. Seine lesbische Mutter, die Zwergenkönigin. Und er, der halbautistische missratene Sohn, der ihr sogar schon nach dem Leben getrachtet hatte. Sie waren ein schönes Paar. Vielleicht nicht wirklich schön, aber passend. Während sie weiter nach Worten rang, genoss er seine vorurteilsfreie Annahme des Status Quo. Endlich akzeptieren, was ist. Und den Samen gesetzt, damit es endlich anders werden kann. Er fühlte sich befreit und fragte sich, ob er noch irgendwelche Fragen hatte, die er ihr stellen könnte, aber er fand nichts in seiner Erinnerung, was ihm jetzt wichtig war.

„Der Ersatzschlüssel.", hörte er seine Elefanten und bedankte sich bei ihm für sein sprichwörtliches Gedächtnis.

„Mama, vielleicht überlegst du dir noch mal, worüber du dich eben so aufgeregt hast. Und währenddessen möchte ich dich bitten, dass wir schon mal die Schlüssel tauschen." Er holte sein Schlüsselbund heraus und fummelte den Garagen- und den Haustürschlüssel ab.
„Ich gebe dir die beiden für das Haus und du gibst mir bitte die Ersatzschlüssel für meine Wohnung."

Sie schien für einen Moment wie eingefroren und ihn gar nicht mehr zu hören. Er befürchtete, dass sie möglicherweise doch umfallen könnte und berührte sie sanft am Arm, um sie zu der Sitzgruppe auf der Terrasse zu lenken. Sie ließ es zu und er führte sie eingehakt die wenigen Schritte zurück. Auf der Terrasse konnte er Tante Barbara im Wohnzimmer sehen, wie sie die Situation beobachtete. Er half seiner Mutter in einen Stuhl und ging dann schnellen Schrittes zu Barbara.

„Worüber hat sie sich so aufgeregt?", flüsterte er ihr leise zu.

„Über den Hamster natürlich."

„Nur den Hamster? Nichts weiter? Du hast ihr nicht erzählt, dass wir uns über euch und über Papa unterhalten haben?"

„Nein! Warum sollte ich?"

„Gut. Ich werde mit ihr über den Hamster sprechen. Aber vorher möchte ich dich bitten, mir die Ersatzschlüssel zu meiner Wohnung zu geben – weißt du wo sie sind?"

„Am Schlüsselbord, glaube ich."

„Gut, dann kannst du da auch meine beiden Schlüssel anhängen."

„Mensch Olli, dass mit deinem Schlüssel kann ich ja gut verstehen, aber willst du die von hier nicht behalten? Du brauchst sie ja nicht zu benutzen. Nur als Symbol der Verbundenheit? Bitte!"

Herr Schmidt überlegte kurz. Er konnte spüren, wie auch sein Elefant diese Idee gut fand – eine 8,2 kam ihm aus seinem Inneren hoch.

„Gut, Ich behalte sie. Vielleicht machst du uns noch einen Beruhigungstee? Ich hole kurz meine Schlüssel."
Er ging zügig durch das Wohnzimmer in den Flur und erkannte die Ersatzschlüssel für seine Wohnung an dem blauen Schlüsselring. Dann schaute er noch einmal auf seine Schlüssel für das Haus seiner Kindheit. Am liebsten hätte er sie doch hier gelassen.

„Brich keine Brücken ab, die von der Natur errichtet worden sind!", hörte er seinen Elefanten sagen. „Bitte."

Herr Schmidt schluckte kurz und atmete tief durch. Dann steckte er die Schlüssel in seine Hosentasche, ohne sie wieder an seinem Schlüsselbund zu befestigen. Jetzt blieb nur noch der Hamster.

„Du hattest dir immer einen Zwerghamster gewünscht. Du hast ihn ja noch nicht gesehen, aber die sind echt putzig, bitte überleg es dir noch einmal!", flehte ihn sein Elefant an.

„Nein, irgendwann ist Schluss! Ich brauche auch meine ... meine... Genugtuung. Auch ich habe eine Würde und du weißt doch am Allerbesten, was Mama sich schon alles geleistet hat. Warum verteidigst du sie jetzt?"

„Ich verteidige sie nicht. Ich möchte nur verhindern, dass ein Hamster der Grund für einen Herzinfarkt oder Schlimmeres wird."

„Herzinfarkt? Sie simuliert doch nur! Wir haben doch schon ganz andere Theaterstücke von ihr erlebt! Ich muss mich endlich auch mal durchsetzen! Das muss sie verstehen!"

Grimmig ging er wieder zurück auf die Terrasse. Seine Mutter war inzwischen wieder ein bisschen zu sich gekommen oder tat jedenfalls so. Der Hamsterkäfig stand immer noch eingepackt auf dem Tisch neben ihr. Sie versuchte, Herrn Schmidt dünnlippig anzulächeln, aber sie war nicht besonders überzeugend.

„Bitte Jungchen, du hast dir doch den Hamster immer gewünscht, nur war ich wegen meiner Allergie einfach nicht dazu in der Lage dir deinen Wunsch hier zu erfüllen. Aber jetzt, wo du deine eigene Wohnung hast - nimm ihn doch, bitte."

„Mama! Das musst du verstehen! Ich habe mir einen Zwerghamster vor fast 35 Jahren gewünscht, aber was soll ich jetzt noch mit ihm? Ich bin endlich erwachsen. Ich brauche keinen Zwerghamster mehr, um mich nicht einsam zu fühlen."

„Einsam? Wieso einsam? Wir waren doch immer für dich da! Du warst nie einsam!"

„Mama, ob ich einsam war oder nicht, kannst du gar nicht wissen! Und erst recht nicht entscheiden! Das ist doch genau das Problem! Du glaubst immer noch, dass alle Welt nach deiner Pfeife tanzen muss, wenn du irgendeinen Schwachsinn entscheidest! Ich jedenfalls nicht! Und durch deinen Druck und deine Erpressung erreichst du nur das Gegenteil! Sieh es endlich ein! Mir reicht´s!"

Sie merkte, dass sie auf verlorenem Posten war, aber sie wusste auch, dass ihr Sohn immer wieder einknickte, wenn sie ihn nur konsequent genug unter Druck setze. „Du willst ihn also nicht?"

„Nein!"

„Dein letztes Wort?"

„Ja!"

Seine Mutter riss theatralisch das Geschenkpapier ab und öffnete die kleine Tür des Käfigs, um hineinzugreifen.

„Okay! Dann will ich dir sagen, was ich jetzt mache: Ich werde diesen kleinen Scheißkerl aus seinem Käfig holen..."

Sie fegte die kleinen Hamsterhäuschen wie eine wütende Naturgewalt mit ihrer Hand weg, bis sie den Zwerghamster fand. Dann packte sie das vor Angst zitternde Nagetier und zog ihre Faust mit dem kleinen Gefangenen aus dem Käfig. Herr Schmidt befürchtete für einen Moment, dass sie ihn jetzt vor seinen Augen in ihrer Faust zerquetschen wollte, aber sie wandte sich zum Wohnzimmer.

„...und ihn mitnehmen, durch das Wohnzimmer tragen und im Klo runter spülen!"

Sie ging entschlossen Richtung Flur, während Herr Schmidt hilflos neben ihr hertanzte.

„Und du wirst mich nicht daran hindern, denn du willst ihn ja nicht! Dir ist ja vollkommen egal, was mit ihm passieren wird, so wie dir schon immer alles egal war, du scheiß autistischer Egoist."

Herrn Schmidt stieg das Blut in den Kopf und die Wut in seine Fäuste. Er war kurz davor, sie mit körperlicher Gewalt daran zu hindern, zur Gästetoilette zu gehen, aber ihre Zerbrechlichkeit hielt ihn gerade noch davon ab. Sie grinste ihn grausam an, weil ihr Plan aufzugehen schien. Sie genoss ihre Machtdemonstration, vielleicht zum letzten Mal, aber dafür mit voller Genugtuung.

„Mama, mach das nicht! Treib es nicht zu weit! Zwinge mich nicht dazu, dir weh zu tun! Mamaaaaa!"

Seine Stimme überschlug sich, doch sie blieb unbeeindruckt und steuerte auf die Tür des Gäste-WCs zu. Herr Schmidt drängelte sich mit rein und versetzte seiner

Mutter dabei einen Schubs, der sie gegen die Wand in dem kleinen Raum prallen ließ. Sie stützte sich ab, ließ sich dann auf die Knie fallen und öffnete dabei den Toilettendeckel. Herr Schmidt war überrascht, wie elegant und schnell sie alles mit einer fließenden Bewegung verband, trotz Zwerghamster in der Hand. Sie ließ den Hamster sofort in die Kloschüssel fallen, und suchte mit der anderen Hand nach dem Griff, um die Spülung zu betätigen. Doch in dem Moment, als sie die Spülung drückte, griff Herr Schmidt beherzt ins Klo und rettete den zappelnden Zwerghamster vor seinem sicheren Tod. Er zog ihn vorsichtig zu sich – Klein-Elvis zuckte und tropfte in seiner Hand.

Herr Schmidt schaute noch einmal auf seine Mutter, die immer noch vor dem Klo kniete. Vielleicht glaubte sie, dass sie jetzt wieder ihren Willen durchgesetzt hätte, aber ihm war klar geworden, dass es darum gar nicht mehr ging. Ab diesem Moment ging es nicht mehr um ihn und sie. Ab jetzt ging es nur noch um ihn und das Universum. Und in diesem Universum lebte ein Zwerghamster namens Elvis, der es nicht verdient hatte, im Klo ertränkt zu werden. In diesem Universum ging es nicht um Gerechtigkeit, sondern um Liebe.

Kapitel 13: Unerwarteter Shuttle-Service

Es war jetzt 18:42 Uhr - noch drei Stunden und 18 Minuten bis zu seinem Date. War es überhaupt ein Date? Fee wollte ihm die Haare schneiden, während er für sie kochen würde. Sie hatte von einer künstlerischen Performance gesprochen, wie kam er eigentlich auf ein Date?
„Das lag an dem Knistern, das zwischen uns und ihr in der Treppenhausluft lag.", vermutete sein Elefant.

„Ja, vielleicht. Nur, was koche ich denn überhaupt? Ich habe doch eigentlich keine Ahnung vom Kochen."

„Künstlerische Performance halt! Und im Kühlschrank sind doch so viele Zutaten, irgendetwas wird schon zusammen schmecken."

Herr Schmidt war erschöpft. Zwar war der Hamsterkäfig nicht besonders schwer, aber sperrig. Er brauchte eine Pause und setzte sich an den Straßenrand. Er hatte Elvis vorhin noch sanft trocken gerubbelt und ihn dabei natürlich lieb gewonnen. Er wollte ihn zuerst trocken fönen, aber sein Elefant wies ihn darauf hin, dass Zwerghamster sehr empfindliche Augen haben und bei Zugluft schnell eine Bindehautentzündung bekommen.
In Poppenbüttel mit einem Hamsterkäfig am Straßenrand zu sitzen hatte etwas. Die wenigen Autos, die in der kleinen Wohnstraße an ihm vorbeifuhren, wurden von ihren Fahrern meist massiv abgebremst, als sie ihn

erblickten. Er war ein Fremdkörper und er war froh darüber. Poppenbüttel war Vergangenheit.

Nachdem Herr Schmidt sich vorhin von Tante Barbara und seiner Mutter mit wortlosen, aber ernst gemeinten Umarmungen verabschiedet hatte, wollte er einfach nur raus. Raus an die frische Luft. Er musste sich eingestehen, dass er geschockt war. Geschockt von dem Showdown, von der Deutlichkeit der Ereignisse. Sein Elefant fühlte sich, als wären seine Verbindungen mit dem Ort seiner Kindheit wie mit einem Skalpell fein säuberlich aus ihm herausgeschnitten worden. Er konnte seine Vergangenheit nicht mehr fühlen, nur einen Wundschmerz, der in ihm pochte. Aber Herr Schmidt konnte die Leere seines Elefanten in sich spüren und so war es kein Wunder, dass er noch keinen Plan für die Rückkehr in sein neues Zuhause auf St. Pauli hatte.

„Wie lange wollen wir hier noch sitzen?", fragte er seinen Elefanten.

„Ich weiß es nicht. Aber danke, dass du mir einige Momente des Stillstands gönnst. Deine Erkenntnis, dass es in Zukunft nicht mehr um dich und Mama geht, sondern um dich und das Universum, mag für dich ein wichtiger Schritt der Befreiung sein - ich muss diesen Verlust erst einmal verdauen!"

„Was hast du genau verloren?"

„Mein Hintertürchen zurück in meine Vergangenheit. Nach der Action eben kann ich nicht mehr glauben, dass wir jemals zurückkehren werden."

„Ich auch nicht! Aber das ist auch gut so. Wir brauchen keine Hintertür mehr. Unsere Komfortzone heißt jetzt Abenteuer! Also, wie lange wollen wir hier noch sitzen?", fragte er seinen Elefanten erneut, der aber immer noch keine Antwort hatte.

„3 Minuten? Wie wäre das?"

„Das wäre nur eine 2 – so schnell geht das nicht."

„Okay. wie wäre es mit 30 Minuten?"

„Das wäre eine 5 – ich glaube, solange brauche ich nicht."

„Gut. Wie wären 10 Minuten?"

„Das ist gut – das ist eine 10!"

„Okay, dann weiß ich Bescheid."
Herr Schmidt freute sich, dass der Trick mit der Skalierung funktionierte. Die 10 Minuten würde er nutzen, um die Rückkehr nach St. Pauli zu planen. Vielleicht ein vorbeifahrendes Taxi oder vielleicht auch mit dem Bus, der ihn zur S-Bahn bringen würde? Zwei Möglichkeiten - eine Entscheidung! Aber er hatte es nicht eilig. Er beobachtete den Käfig in der Hoffnung, dass Elvis sich ihm zeigen würde. Zu seiner eigenen Überraschung fing er plötzlich leise an zu singen:
„there's a place in your heart
and I know that it is love
and this place could be much brighter than tomorrow
and if you really try
you'll find there's no need to cry

in this place you'll feel
there's no hurt or sorrow."

Und wie in einem billigen, amerikanischen Märchen,
steckte Elvis tatsächlich sein kleines Näschen aus seinem
Häuschen und schaute ihn an. Herr Schmidt war ver-
blüfft. Dass er mit einem schlecht gesungenen Song von
Michael Jackson einen Zwerghamster aus seinem Bau
locken konnte, hätte er wirklich nicht gedacht. Er glaubte, so von seinem eigenen Kitsch gerührt zu sein, dass
ihm die Tränen kamen. Dass diese Tränen die Tränen
seines Elefanten waren, der damit endlich seinen Abschied aus Poppenbüttel vollziehen konnte, bemerkte er
jedoch nicht.

„Ich bin so stolz auf dich - so stolz wie noch nie.", hörte
er seinen dankbaren Elefanten. „Was auch immer heute
Abend noch passiert, wir sollten das feiern! Hamsterret-
tung, Abarbeitung deiner Schandtatenliste und Abschied
von Poppenbüttel, wir haben uns eine amtliche Bren-
nung verdient."

„Was meinst du damit?"

„Brennerei, Brandwein - mit Alkohol wurden schon immer Körperteile konserviert. Und zum Zwecke des Fes-
tes - um besondere Momente festzuhalten - eignet sich
Alkohol dementsprechend genauso gut."

„Mit der Nebenwirkung, dass eine Menge andere Ner-
venzellen dabei zerstört werden. Ich weiß nicht..."

„Vertrauen wir einfach darauf, dass die richtigen bleiben
- wird schon klappen."

Herrn Schmidt war das nicht geheuer. Andererseits, warum nicht? Was hätte er zu verlieren? Er konnte sich nicht erinnern, dass er wirklich einmal besoffen war in seinem Leben.

„Vor 31 Jahren, 6 Monaten, 17 Tagen, 2 Stunden, 13 Minuten und 6 Sekunden hatten wir 1,1 Promille."

„Wie? Mit achteinhalb war ich schon besoffen? Wie konnte das passieren?"

„Es war um Weihnachten und der Bruder von Tante Barbara war zu Besuch. Wir nannten ihn Onkel Werner. Er hatte uns heimlich erst einen Sekt und dann vier kleine Schnapsgläser mit Apfelkorn gegeben. Damit waren wir voll bedient. 5 Minuten Blödsinn lallen, dreimal kotzen und dabei einmal in die Hose kacken, danach 18 Stunden schlafen und mit Kopfschmerzen am nächsten Abend aufwachen. Ich fühlte mich wie krank und dir war der Abend total peinlich. Aber andererseits hat dir diese Erfahrung viele andere Peinlichkeiten in deinem Leben erspart."

Nun wusste Herr Schmidt zwar, warum er in all den Jahren nicht gut auf Alkohol zu sprechen war, aber dadurch konnte er sich mit dem geplanten Besäufnis immer noch nicht anfreunden. Und wichtiger war doch, dass der Abend mit Fee gut verlaufen würde. Aber was wäre eigentlich gut? Woran würde er erkennen, dass es ein gutes Date war? Er merkte, dass er noch weit entfernt davon war, eine konkrete und positive Vorstellung von seiner Zukunft zu besitzen. Und, was noch schlimmer war, er war sich nicht einmal sicher, ob er diese Vorstellung überhaupt haben wollte. Müsste er dann nicht die

Verantwortung übernehmen, wenn es anders käme? Wenn er scheitern würde? Da waren sie wieder, die Bedenkenträgergedanken in Reinkultur. Wieso konnte er mit diesem Bullshit nicht einfach aufhören? Warum konnte die Verantwortung nicht einfach übernehmen? Hing er etwa immer noch am Rockzipfel seiner Mutter? Eine gewaltige Wut kam in ihm auf, weil es ihm nicht gelang, seine gedankliche Zwickmühle zu überwinden. Er stand ärgerlich auf, nahm Elvis mit seinem Käfig und ging grollend die Straße entlang.

Herr Schmidt hatte noch nicht bemerkt, dass eine dunkelblaue Limousine schon ein paar Minuten langsam hinter ihm her fuhr. Er war zu sehr mit seinem inneren Konflikt beschäftigt, um irgendetwas von seiner Umwelt zu bemerken. Die Limousine fuhr nun direkt neben ihm und der Fahrer ließ die Seitenscheibe runter.

„Entschuldigung!", rief der Fahrer mit einer dünnen Stimme zu ihm rüber. Herr Schmidt schaute ihn an und stoppte. Der Fahrer fuhr den großen Wagen rechts ran und stieg aus. Es war ein dicker Mann mit kurz geschnittenen dunklen Haaren in einem dunkelgrauen Anzug, den er noch nie gesehen hatte.

„Entschuldigung – sind Sie Olaf Schmidt?"

„Ja und wer will das wissen?" fragte er mürrisch zurück.

„Mein Name ist Erkan Killici. Ich bin Privatdetektiv und arbeite für Ihren Vater – Norbert Schmidt. Ich habe den Auftrag, Sie darum zu bitten, sich mit ihm zu treffen."

„So, das ist mal eine Überraschung! Heißt das, Sie sollen mich jetzt zum Flughafen fahren, damit ich in die USA fliege?"

„Nein, das ist nicht nötig. Ihr Vater ist hier in Hamburg. Er möchte sich mit Ihnen in einem Restaurant auf St. Pauli treffen. Sie könnten ihn auch gern anrufen, wenn es Ihnen lieber ist."

Herr Schmidt wusste nicht, was er sagen sollte. Hört das denn nie auf? Kaum geht er um die nächste Ecke seines Lebens, wartet auch schon die nächste, dicke Überraschung auf ihn.
„Elefant, bist du auf Sendung?", hörte er sich denken.
„Komm schon, ich brauche jetzt deine Unterstützung."

„Warum? Steig doch einfach ein! Oder glaubst du, dass der Kerl von der Mafia ist und dich entführen will? Sei nicht albern, außerdem hast du doch Elvis dabei."

„Aber nur, wenn du bei mir bleibst!", erwiderte Herr Schmidt laut, worauf der Detektiv ihn fragend anschaute.
„Entschuldigung, ich habe gerade mit mir selbst gesprochen.", klärte er das Missverständnis auf. „Können Sie mir die Tür aufmachen? Ich habe gerade keine Hand frei."

Zwei Minuten später saß er neben Elvis und seinem Käfig im Fond der Limousine. Er war heute doppelt so oft in einem Auto gefahren wie in den letzten zwanzig Jahren. Sein Universum war offensichtlich eins, in dem nicht nur niedliche Zwerghamster ein Zuhause hatten, sondern auch umweltverpestende Autos, egozentrische Autofahrer und eine aufgeblasene, borniert Autoindustrie, die stellvertretend für viele Ungerechtigkeiten in dieser Welt stand. Aber das Universum schien sich nicht groß daran zu stören. Also, warum sollte er sich noch weiter daran abarbeiten?

„Ja, genau, lass all deine Empörung los und konzentrieren wir uns auf das Wesentliche!" hörte er seinen Elefanten sagen.

„Heißt das, du willst mir endlich verraten, wie ich mich aus diesem unerträglichen Wechselbad der Gefühle befreien kann? Eben wäre ich beinahe noch wegen meiner gedanklichen Unfähigkeit vor Wut geplatzt, obwohl ich nur Minuten vorher das Gefühl hatte, endlich zu verstehen und voller Dankbarkeit und Vertrauen nach vorne schauen zu können. Das geht so nicht weiter! Ich brauche Informationen, sonst fliege ich weiterhin bei jeder Kurve aus der Achterbahn!"

„Okay, ich verstehe deinen Ärger, weil ich die Ursache dafür bin. Die Wut spürst du, weil ich Angst habe, dass wir wieder eine wichtige Chance verpassen, weil du dich nicht zu einer Zukunft bekennst und stattdessen intellektuelle Masturbation betreibst. Das hilft uns nicht weiter! Und deine Aufgabe innovative Lösungen zu finden, bleibt in unserer Wechselwirkung durch meine Lichtgeschwindigkeit natürlich auf der Strecke."

„Du meinst, ich bin blockiert, weil du mich so sehr beeinflusst und ich mich nicht abgrenzen kann?"

„Du sollst dich nicht abgrenzen! Du sollst mir das bessere Bild geben, an dem ich mich neu ausrichten kann. Ich brauche Bilder, keine Grenzen!"

„Was wäre so ein Bild?"

„Ich werde Fee nachher küssen und deshalb wird es ein tolles Date sein!"

„Du willst Fee küssen?"

„Es war nur ein Beispiel für ein eindeutiges Bild! Aber ja, warum nicht?"

„Spannend! Daran hatte ich gar nicht gedacht."

„Genau das meine ich! Ich kann mich nur daran orientieren, was du dir vorher vorgestellt hast! Sonst fabriziere ich mehr von demselben! Und das wäre in diesem Fall kein Date – ganz einfach!"

„Ich glaube, ich verstehe langsam…"

„Ich glaube, das tust du nicht! Du willst immer noch darüber reden. Aber verdammt noch mal – du bist mein Reiter! Deine Gedanken sind frei! Warum denkst du dir nicht den wunderschönsten Abend mit Fee aus, den du dir nur vorstellen kannst? Du kriegst die tollste Frisur, die du je hattest und kochst das beste Essen, das du je gekocht hast! Und dann führst du das charmanteste Gespräch, dass du je geführt hast und gibst ihr den besten Kuss, den du je vergeben hast! Und dann fühlst du den besten Sex, den du je gefühlt hast! Und verbringst mit ihr die schönste Nacht, die du je erlebt hast! Und morgen…"

„Stopp! Stopp! Stopp! Mal abgesehen, davon, dass ich bei dem einen oder anderen noch keinen Vergleichswert habe…"

„Scheiß drauf. Dann ist eben das erste Mal gleich das beste Mal! Warum suchst du schon wieder nach dem Haken? Genau das meine ich: höre endlich auf, deine wunderbare Fähigkeit als kleinkarierter Bedenkenträger zu vergeuden. Ich bin derjenige, der kritisch draufguckt. Lass mich meinen Job machen und du machst endlich deinen!"

Herr Schmidt konnte es nicht fassen. Jetzt wurde er auch noch von seinem Elefanten in aller Stille angeschrieen. Das war so was von ungerecht. Nach allem, was er in den letzten zwei Tagen durchgemacht hatte.

„Ja, wir haben endlich etwas durchgemacht. Gemeinsam! Und wir haben es bis jetzt gut hingekriegt. Endlich ist unser Leben in Bewegung gekommen, anstatt alles immer nur zu vermeiden!" Sein Elefant war immer noch auf 180.

„Moment, mein Leben war vor deinem Auftauchen ein schönes, beschauliches..."

„Hindümpeln und Abwarten bis zum Tod! Komm, mein Bester, mir kannst du nichts vormachen! Ich höre alle deine Gedanken. Und jahrzehntelang habe ich deshalb innerlich gekotzt. Natürlich bin ich mit der Zeit empfindlich und neurotisch geworden! Kein Wunder, bei dem, was du mir als heilende Bilder angeboten hast! Noch Gestern habe ich dich denken hören, dass du alles richtig gemacht hast, weil du einsam auf einem Balkon auf St. Pauli sitzen konntest.
Hör endlich auf, mich als deinen Feind zu betrachten. Du bist derjenige, der positiv denken kann, nicht ich! Du bist frei – ich nicht! Und was machst du aus deiner Frei-

heit? Einsamkeit! Gibt es eine beschissenere Entscheidung? Nein! Übernimm endlich diese verdammte Verantwortung! Heute! Und wenn es nicht klappt, dann Morgen wieder! Bitte!"

Ja, Herr Schmidt wusste, dass er einsam war. Sein Elefant hatte schon wieder voll ins Schwarze getroffen. Sein Leben bestand aus Stressvermeidung mit dem Preis der größtmöglichen Einsamkeit. Stressig war eigentlich alles. Und Einsamkeit war seine erbärmliche Strategie, den Stress zumindest so gut wie möglich zu kontrollieren. Und wenn er ganz, also wirklich ganz ehrlich zu sich war, dann waren die letzten beiden Tage die besten, die er je hatte. Gerade weil es eine Achterbahnfahrt war und nicht mehr das immer gleiche Kinderkarussell.

Herr Schmidt holte sein blaues Notizbuch heraus und zückte den Stift. Die Limousine glitt diesmal wie ein mächtiger Tanker bei ruhiger See dahin.
„Nur, um erkennen zu können, was eigentlich deine und nicht meine Aufgabe ist: Du fühlst ständig und prüfst unsere Lage – richtig?"

„Richtig!"

„Welche Gefühle gibt es da für dich? Gibt es da ein System oder ist alles von der Situation abhängig und variabel?"

„Es gibt nur zwei Gefühle: wenn es sich schlecht anfühlt, die Angst – also die Bewegung Weg-von! Und wenn es sich gut anfühlt, die Lust – also die Bewegung Hin-zu!"

„Wow! Das hört sich doch mal klar und einfach an. Und das ist alles?"

„Fast. Beide Gefühle haben außer dem Bewegungszustand noch einen Stillstandszustand: wenn ich nichts mehr gegen die Angst tun kann und glaube, am Ende meiner Möglichkeiten und Kräfte zu sein, wird daraus die sich extrem beschissen anfühlende Ohnmacht. Und wenn meine Lust vollkommen befriedigt ist, wird daraus das perfekte Gefühl der Erfüllung!"

„Verstehe! Also da kommt ein Reiz und der könnte dann eines dieser vier Gefühle bei dir auslösen?"

„Nicht ganz! Zu Anfang sind immer nur die zwei Bewegungszustände im Spiel, weil mich jeder Reiz erst einmal bewegt. Ohnmacht und Erfüllung sind die Konsequenzen, die sich immer aus den Bewegungen entwickeln."

„Und wie entscheidest du, ob du Angst oder Lust kriegst?"

„Gute Frage."

„Was meinst du damit? Weißt du es nicht?"

„Ich bin mir gar nicht sicher, ob ich wirklich entscheide. Auf jeden Fall hat es damit zu tun, wie viel Energie ich habe. Wenn meine Akkus leer sind, fühlt sich fast alles scheiße an. Und wenn ich genug Energie habe, kommt es mir so vor, als würde ich nur reagieren. Die Wahrnehmung des Reizes aktiviert mein Gedächtnis und aus der Summe meiner Erfahrungen entsteht dann blitzschnell das Gefühl. Und falls du etwas mitkriegst, was äußerst selten der Fall ist, dann hängt meine Reaktion davon ab, was du mir in diesem Moment für Zusatzinfos zu dem Reiz anbietest. Dein Einfluss über die Bilder, die du mir anbietest, gibt dann den Ausschlag."

„Okay, verstehe. Und wie funktioniert das mit den Stillständen? Ich meine, wie kommst du da wieder raus?"

„Der perfekte Moment der Erfüllung hält meistens nur kurz an, weil sich das Universum weiter dreht. Daraus kann sich dann sogar sofort die Angst entwickeln, dass es vielleicht nie wieder so perfekt wird. Angst fängt immer damit an, dass ich glaube, etwas zu verlieren. In meiner Ohnmacht habe ich dann all mein Pulver verschossen und fühle den schmerzhaften Verlust. Irgendwann kommt dann ein neuer Reiz, der wichtiger als mein Verlust ist und meine Neugier weckt. Und dann bin ich schon wieder in der Lust."

„Das heißt, das ist ein ewiger Kreislauf?"

„Ja, aber sagen wir lieber, es sind mehrere Kreisläufe gleichzeitig, die unterschiedlich wichtig sind. Und dann kommst du als Reiter ins Spiel. Deine Aufgabe besteht nämlich auch darin, mir tolle Bilder für die wichtigen Dinge zu geben, damit ich mich nicht nur mit unwichtigen Dingen beschäftige, die sich gut anfühlen. Weil wir aber jahrelang keinen guten Kontakt hatten, wurden wichtige Dinge von weniger wichtigen übertüncht und gären deshalb seit Jahren vor sich hin."

„Hä? Das verstehe ich jetzt noch nicht!"

„Was ist dir gerade am wichtigsten - ganz spontan?"

„Äh, äh – das Date mit Fee!"

„Gut. Die Lust auf den Abend mit Fee - da bin ich bei dir. Würdest du dich aber gleich wieder ablenken lassen, zum Beispiel mit dem Gedanken, dass du nicht kochen kannst, würde ich anfangen, die Angst zu entwickeln, dass wir versagen und damit möglicherweise Schmerzen, Ablehnung und Enttäuschung erleiden. Vielleicht würde ich dann das Risiko vermeiden wollen und damit natürlich die Chance auf den Abend sabotieren."

„Das würdest du tun wollen?"

„Von Wollen kann keine Rede sein – das geht automatisch! So laufen die elefantösen Prozesse nun mal. Und wenn ich kein Vertrauen in dich habe, weil du mich jahrelang ignoriert hast, kannst du mir das auch nicht verübeln."

„Wie groß ist denn dein Vertrauen in mich?"

„Momentan eine 9! Während der letzten 30 Jahre lag ich allerdings im Schnitt unter 2!"

„Oh, das ist bitter."

„Ja, aber es ist auch Vergangenheit. Ich habe zwar das perfekte Gedächtnis, aber mein Vertrauen in die Zukunft mit dir hat die Kraft, jede Schublade der Vergangenheit aufzubrechen."

„Entschuldigung, Herr Schmidt. Wir sind in fünf Minuten da – es ist das Restaurant NIL – Ihr Vater ist schon vor Ort."

Herr Schmidt schreckte auf. Er hatte vollkommen vergessen, dass er gleich nach 30 Jahren zum ersten Mal wieder seinem Vater gegenüberstehen würde.

„Danke für die Information.", antwortete er dem Detektiv und schaute auf die Uhr im Armaturenbrett. 19:52 Uhr – noch 2 Stunden und 8 Minuten bis zu seinem Date mit Fee.

„Was ist dein Plan?", hörte er seinen Elefant fragen.

„Hm. Ich möchte ihn umarmen und ihm sagen, dass es mir Leid tut, dass ich ihm damals sein Ticket geklaut habe."

„Gut. Und was noch?"

„Ich möchte ihn wieder sehen, also irgendwie den Kontakt mit ihm behalten."

„Bist du sicher?"

„Wieso?"

„Du weißt doch gar nicht, was aus ihm in all den Jahren geworden ist."

„Spielt das eine Rolle? Ich glaube, nicht! Ich will ihn kennen lernen, das steht fest!"

„Okay, das war auch nur eine Testfrage. Es hört sich an, als wenn du einen Plan hast, an den du dich halten wirst. Eine klitzekleine Vision, was dir mit deinem Vater wichtig ist. Das ist doch schon mal ein guter Anfang. Dann brauche ich mir keine Sorgen machen und du kannst ganz entspannt auf die positiven Seiten des Lebens schauen. So soll es sein!"

Herr Schmidt war jetzt doch etwas überrascht, wie einfach das ging. Er hatte plötzlich eine klitzekleine Vision. Lag es daran, dass sein Elefant so untypisch an Veränderung interessiert war? Oder lag es vielleicht an ihm? War er vielleicht doch nicht so ein schlechter Reiter, sondern hatte nur einfach die grundsätzlichen Aspekte seines Daseins total verwechselt? Oder lag es vielleicht an ihnen beiden, weil sie so ein gutes Team waren? Wie auch immer – er fühlte sich wohl und er freute sich auf die Begegnung mit seinem Vater. Oder, präziser ausgedrückt: er freute sich auf seinen Vater.

Kapitel 14: Wiedersehen mit Papa

Das NIL lag direkt neben dem Neuen Pferdemarkt, einer lang gezogenen Riesenkreuzung an der Grenze zwischen dem Schanzenviertel, dem Karoviertel, St. Pauli und dem Heiligengeistfeld, auf dem sich nicht nur das Fußballstadion vom FC St. Pauli befindet, sondern auch vier mal im Jahr für vier Wochen der Hamburger Dom stattfindet. Diese Monsterkreuzung, auf der sich sechs Fahrtrichtungen begegnen, benutzen jeden Tag zigtausende von Autos, Fahrradfahrer und Fußgänger. Und trotzdem hat dieser Ort soviel Charme, dass bei guten Wetter unzählige Leute an und um die Kreuzung verteilt, chillen, feiern, musizieren, Theater spielen, auf Seilen tanzen, demonstrieren oder einfach nur das Dabeisein im Drogenrausch genießen. Der Neue Pferdemarkt ist sozusagen der Hotspot in Hamburg, der alles real existierend vereint, was in den urbanen Werbeclips der gesamten Zivilisation vorgegaukelt wird. Das NIL war aber hier schon ansässig, bevor dieser Ort diese scheinbar globale Strahlkraft entwickeln konnte. Das NIL, mit der gehobenen Küche und seiner äußerst angenehmen, geradezu eleganten Atmosphäre war seit Jahrzehnten ein Ort von enormer Anziehungskraft.

All das wusste Herr Schmidt nicht, als er den Eingangsbereich des Restaurants betrat. Er hatte vorher schon einige Minuten durch die riesige Glasscheibe geschaut, durch die man einen großen Teil der Gäste im Erdgeschoss und auf der Galerie im schummerigen Licht beobachten kann. Er fand niemanden, den er rein optisch mit seinem Vater in Verbindung hätte bringen können. Aber es half seinem Elefanten, etwas von seiner Nervosität abzubauen. Er selbst war nicht nervös, das hatte er jetzt gelernt. Er hatte gar keinen Grund dazu. Er hatte eine Aufgabe, einen Plan und eine Vision, wenn auch nur eine klitzekleine, die aus einem nächsten Schritt bestand. Und er hatte noch 2 Stunden und 2 Minuten Zeit, um seinen Vater auf eine ganz neue Weise zu begegnen.

Der freundliche Herr Killici hatte ihm angeboten, Elvis mit seinem Käfig im Wagen zu behalten, aber Herr Schmidt bestand darauf, ihn mitzunehmen. Wer weiß, was noch an Zwischenfällen und Überraschungen auf ihn zukommen würde – er wollte nichts riskieren. Seit der Lebensrettung hing er sehr an seinem Zwerghamster und es störte ihn nicht, dass er beim Betreten eines Sterne-Restaurants mit einem Hamsterkäfig auf dem Arm einen etwas sonderbaren Eindruck machen könnte. Der asiatisch wirkende Empfangs-Chef lächelte etwas verwundert, blieb aber souverän und höflich. Als Herr Schmidt ihm mitteilte, dass er mit Norbert Schmidt verabredet war, führte er ihn in den hinteren Bereich des Erdgeschosses und zeigte ihm die Richtung zum Tisch.

An dem kleinen Tisch in der ruhigen Nische saß im schummrigen Licht ein älterer Mann mit halblangen, grauen Haaren in einem dunklen Anzug. Er hatte den Kopf leicht zu seinen Händen geneigt, die sich scheinbar miteinander unterhielten. Herr Schmidt kam mit seinem Hamsterkäfig auf dem Arm langsam näher. Er sah rechts einen kleinen Beistelltisch und stellte den Käfig vorsichtig ab. Der Mann am Tisch schaute auf, als er das Geräusch hörte und drehte sich zu ihm um. Jetzt erst konnte Herr Schmidt erkennen, dass der Mann im Rollstuhl am Tisch saß. Und er konnte ihm das erste Mal in die Augen schauen. Ja, dieser Blick kam ihm bekannt vor. Dieser Blick war wie ein Knopfdruck auf die Tränendrüsen seines Elefanten. Noch bevor er ganz am Tisch angekommen war, rollten ihm schon die ersten Tränen über seine Wangen.

„Papa.", hauchte er leise.

„Mein Sohn, bist du es?"

„Ja, Papa, ich bin es!"

Herr Schmidt machte den letzten Schritt an den Tisch heran und wunderte sich, dass sein Vater ihn nicht mit seinem Blick verfolgte, sondern suchend umherkreiste. Es schien so, als konnte er ihn nicht sehen. Er berührte vorsichtig mit seiner Hand die Hand seines Vaters, der leicht zusammenzuckte und dann lächelte.

„Entschuldige, wenn ich dich erschreckt habe. Ich kann dich nicht sehen, aber das macht nichts. Bitte lass mich dich berühren."

„Ja – gern." Herr Schmidt beugte sich runter und ging auf die Knie vor seinem Vater. Sein Vater tastete vorsichtig mit seinen Händen sein Gesicht ab. Es war eine merkwürdige Erfahrung, einzigartig und überwältigend. Sein Vater hatte sehr weiche Hände, deren Fingerspitzen die Welt Millimeter für Millimeter erkundeten. Als sie die feuchten Spuren seiner Tränen ertasteten, zuckte sein Vater wieder leicht zusammen.

„Mein Sohn – Olaf! Wie hast du dich verändert!"

„Ja, Papa, ich weiß."

Die Finger seines Vaters spielten mit den Stoppeln seines Dreitagebarts. Herr Schmidt musste grinsen und auch sein Vater lächelte. Seine Angst vor körperlichen Berührungen schien sich verabschiedet zu haben, vielleicht, weil er sie in seiner Rührung einfach vergessen hatte.

„Du bist ein Mann geworden und für deine vierzig Jahre hast du dich noch ganz gut gehalten.", begann er mit einem Lächeln. „Ich wünsche dir alles Gute zum Geburtstag und bitte verzeihe mir, dass ich so einen dramatischen Auftritt gewählt habe."
Sein Vater tätschelte ihm nun den Kopf, aber ganz anders als früher – zärtlich und liebevoll.

„Papa, du fühlst dich so ganz anders an, als früher. Ich bin so froh, dass du da bist!"

„Ich auch, Olaf! Ich auch. Glaube mir, dies ist einer der schönsten Momente in meinen Leben! Ich hoffe, du nimmst es mir nicht allzu übel, dass ich mich 30 Jahre lang nicht um dich gekümmert habe und nun als alter, blinder Mann im Rollstuhl vor dir sitze."

„Nein, Papa – mache dir keine Sorgen. Ich habe in den letzten beiden Tagen sehr viel über mich, meine Familie, die Menschen und das Universum gelernt. Alles ist gut, außer, dass ich mich noch dafür entschuldigen möchte, dass ich dir vor 30 Jahren dein Ticket aus deinem Mantel geklaut habe und dir damit bestimmt eine Menge Unannehmlichkeiten bereit habe – es tut mir leid! Vielleicht wollte ich dir damals nur zeigen, dass du nicht wieder wegfliegen sollst."

Sein Vater drückte als Dank seine Hand etwas kräftiger und die nächsten Tränen flossen aus seinen Augen, während er in seinen Erinnerungen nach diesem Moment suchte.

„Du kannst dir nicht vorstellen, welch großes Geschenk du mir mit deinen Worten gemacht hast. Danke!"

Herr Schmidt erhob sich, um zu dem anderen Stuhl am Tisch zu gehen, aber sein Vater mochte seine Hand noch nicht loslassen. Also hielt auch er die Hand seines Vaters weiter fest und manövrierte sich langsam um die Ecke des Tisches zum anderen Stuhl. Die beiden sich festhaltenden Hände touchierten für einen Moment die Flamme der brennenden Kerze und drückten sich daraufhin nur noch fester aneinander. Herr Schmidt setzte sich vorsichtig und beugte sich nach vorn. Er schaute auf seinen Vater, der ihre schweigende Verbindung scheinbar genauso so sehr genoss wie er selbst. Sie atmeten gemeinsam, bis der Magen von Herrn Schmidt deutliche Knurrgeräusche erzeugte.

„Es ist wohl an der Zeit, dass wir uns etwas zu essen bestellen.", sagte sein Vater und machte ein Zeichen in der Hoffnung, dass der Kellner es bemerken würde.

Herr Schmidt´s Elefant schwebte die nächste Stunde auf Wolke sieben. Es gab immer wieder kleine Häppchen sehr delikater Speisen, verschiedene, gut schmeckende Weine und unendlich viel zu erzählen. Norbert Schmidt war ein sehr liebevoller, demütiger Mann geworden, der das späte Glück kaum fassen konnte, noch einmal seinen fast verlorenen Erstgeborenen sprechen und fühlen zu können.

Im Rollstuhl saß er schon seit 14 Jahren. Es war ein Bootsunfall, bei dem seine damalige Frau gestorben war. Er bemerkte ganz offen, dass er sie nicht wirklich geliebt hätte, aber natürlich war es eine Tragödie. Allerdings hatte sie das Boot gesteuert und aus lauter Übermut den Unfall verursacht. Er hatte aus dieser Ehe zwei Töchter, die in Spanien und Kanada studierten. Er war auf allen sieben Kontinenten gewesen und hatte ein großes Unternehmen aufgebaut, das mit Solarenergie und Abfallrecycling große Erfolge feiern konnte. Sein Privatvermögen war auf 72 Millionen Dollar angewachsen – und Olaf wäre natürlich auch einer seiner Erben.

Vor 2 Jahren hatte er erneut geheiratet – eine 18jährige Waise aus Bangladesh, die dadurch mit ihren sieben Geschwistern in die USA einreisen konnte, er war nämlich inzwischen amerikanischer Staatsbürger geworden. Seit dem sprachen allerdings seine Kinder aus der vorherigen Ehe nicht mehr mit ihm. Er hoffte aber, dass sie sich demnächst aussprechen würden.

Sein Vater wollte nicht über Erika sprechen. Er meinte, dass er die wesentlichen Dinge wüsste, weil er sich die Freiheit genommen hatte, Herrn Killici mit der Informationsbeschaffung zu beauftragen. Deshalb konnte er auch so schnell auf Herrn Schmidts Umzug nach St. Pauli reagieren. Als er es vor drei Tagen erfahren hatte, war ihm sofort klar, dass er so schnell wie möglich nach Hamburg kommen müsste.

„Warum, Papa?", fragte Herr Schmidt und merkte, wie er es jedes Mal genoss, diesen Kosenamen auszusprechen.

„Weil... weil ich dir leider etwas sehr Dringendes persönlich mitteilen wollte. Ich werde sterben. Die Ärzte geben mir noch acht bis zehn Wochen. Der inoperable Tumor in meinem Kopf ist inzwischen so groß wie eine Kartoffel und hat den Sehnerv schon so stark angegriffen, dass ich seit fast einem halben Jahr vollkommen blind bin."

Herr Schmidt war schockiert und sein Elefant bestürzt. Nun hatten sie sich endlich nach 30 Jahren wieder gefunden, um festzustellen, dass es womöglich ihre letzte Begegnung sein würde. Ist das Universum gerecht? Er hatte keine Antwort und schenkte seinem Elefanten ein weiteres Glas des teuren Weins ein, damit er seine Angst besänftigen könnte.

Sein Vater bemerkte die eingetrübte Stimmung natürlich sofort. Wie hätte es auch anders sein sollen? Er äußerte seine Selbstvorwürfe, dass er nicht schon früher den Kontakt gesucht hatte. Aber er hatte solche Angst vor einer weiteren Konfrontation mit Erika im Beisein seines Sohnes, dass er einfach nicht den Mut gefunden hatte. Das Erlebnis nach dem Schaukelunfall vor 36 Jahren hatte ihn so sehr verletzt, dass er sich bis jetzt nicht da von erholen konnte. Aber warum hatte er damals nicht gekämpft? Warum nicht wenigstens ein einziges Mal? Warum war er nur wie ein gedemütigter Hund von dannen gezogen? Er fing wieder leise an zu weinen.

Herr Schmidt stand auf und zog den Stuhl ganz dicht zu seinem Vater. Er setzte sich und umarmte ihn – wortlos, während auch bei ihm die Tränen flossen. So verbrachten sie die nächsten Minuten oder Stunden – er hätte es nicht sagen können. Es tat so gut und es tat so furchtbar weh. Sein Elefant wechselte währenddessen im Kreislauf seiner Gefühle die Ebene und ging ein Stockwerk tiefer. War er eben noch in der Ohnmacht und Trauer über den unausweichlichen, kommenden Verlust seines Vaters, kam er jetzt über die nahezu bedingungslose Nähe in diesem kostbaren, nicht enden wollenden Moment zur Erfüllung seiner Sehnsucht. Mit jeder Sekunde wuchs in ihm die Kraft, allen Widrigkeiten zum Trotz dankbar zu sein.

Nach einer gefühlten Ewigkeit, zog sein Vater ein Taschentuch hervor und schnäuzte sich. „Hast du eine Freundin?", fragte er plötzlich mit einem Räuspern im Hals.

„Oh ja – also, nein – aber ich habe gleich mein erste Date!", antworte Herr Schmidt.

„Was heißt denn gleich, mein Sohn?"

„Um zehn sind wir in meiner neuen Wohnung verabredet."

Sein Vater ertastete die Uhrzeit auf seiner Blinden-Uhr. „Ich befürchte, es ist leider schon fünf nach halb elf..."

„Was?" Herr Schmidt konnte es nicht fassen. Wie schnell war die Zeit vergangen? Warum hatte sein Elefant ihn nicht gewarnt?

„Ich habe keine chronologische Uhr in mir, nur eine Biologische!", hörte er seinen Elefanten sich verteidigen.

„Und bist du gar nicht sauer?", fragte er in Gedanken zurück.

„Nein, noch nicht – du brauchst nur schnell einen guten Plan, wie wir das Date retten können."

Herr Schmidt rutsche auf seinem Stuhl herum.

„Papa, es tut mir wirklich sehr leid, aber ich... ich muss jetzt schnell los. Wie lange bleibst du noch in Hamburg?"

„Ich fliege morgen früh zurück nach Miami. Um 9:45 Uhr geht der Flieger. Und ich habe volles Verständnis, dass du jetzt schnell aufbrechen willst. Ich bin doch derjenige, der sich bei dir bedanken muss – dass du nach all den Jahren überhaupt bereit warst, mich wieder in dein Leben hinein zu lassen."

Er kramte in seiner Hosentasche herum.

„Hier ist meine Karte, unter dieser Nummer kannst du mich Tag und Nacht erreichen. Und außerdem, solltest du deinem Date noch etwas für die Verspätung mitbringen."

Er winkte einen Kellner heran und bat ihn, noch schnell eine Flasche Wein zum Mitnehmen zu bringen, während sein Sohn die Karte las: Schmidt Solar Inc. – energy for the future - Norbert Schmidt – CEO. Herr Schmidt steckte die Karte sorgfältig in sein blaues Büchlein und schaute sich hektisch um. War das nun der Moment des Aufbruchs? Er stand auf und sah auf den Hamsterkäfig. Wie gern hätte er seinem Vater noch von der Geschichte seiner Lebensrettung berichtet, aber jetzt zählte jede Minute.

„Ich bin morgen am Flughafen – versprochen!", sagte er mit dem vollen Brustton der Überzeugung und stand auf.

„Danke für dieses Versprechen, aber schauen wir einfach, was das Leben uns so schenkt. Zum Abschluss möchte ich dir noch drei Tipps vom Vater zum Sohn

geben: Erstens: folge immer deinem Herzen, egal was die Welt sagt! Zweitens: folge niemals der dunklen Seite der Macht, egal womit sie dich lockt! Und drittens: höre niemals auf deinen Vater, außer du bist noch Jungfrau!"
Dann lachte er herzerfrischend und strahlte. Herr Schmidt verstand den Witz sofort, aber sein Elefant konnte darüber trotzdem nicht lachen. Stattdessen umarmte er seinen Vater noch einmal ganz fest und küsste ihn auf die Stirn.
„Ich habe dich lieb und ich werde dich niemals vergessen!", flüsterte er ihm noch ins Ohr, drehte sich um, schnappte sich Elvis und die gerade gebrachte Weinflasche und ging mit wackeligen Knien aus dem Restaurant.

Draußen empfang ihn Herr Killici, der eine Zigarette vor der Limousine rauchte.
„Ach, der Herr Schmidt junior. Wohin so schnell des Weges?"

„Ich muss schnell in die Gilbertstraße – ich bin schon zu spät!"

„Kommen Sie – steigen Sie ein, ich fahre Sie schnell rum."

„Müssen Sie nicht auf meinen Vater warten?"

„Nein, machen Sie sich keine Sorgen! Ihr Vater war da drinnen nie allein – er wird gut versorgt. Fahren wir?"

Kapitel 15: Die Rettung des Dates

ls Herr Killici ihm die Fondtür öffnete, war es 22:45 Uhr. „Jetzt nur nicht hetzen und dabei Elvis oder die Flasche fallenlassen!", dachte er in Richtung seines Elefanten. Dann bedankte er sich noch einmal bei dem dicken Detektiv und suchte seinen Schlüssel in seiner Jackentasche. Er schloss die Haustür auf, marschierte hinein und zwang sich, ganz ruhig die 88 Stufen hinauf zu gehen.

„45 Minuten Verspätung beim ersten Date – haben wir es vermasselt? Ja, scheiße, wir haben es vermasselt!"

„Entspann dich, noch hast du Geburtstag! Also kann der Geburtstagshaarschnitt von Fee noch passen."

Sein Elefant hatte Recht. Er hatte immer noch Geburtstag. Er war das Geburtstagskind. Er war der Mittelpunkt seines Universums. Und er war bewaffnet mit einer edlen Flasche Wein und einem niedlichen Zwerghamster. Im dritten Stock vor Fees Wohnung, konnte er sich nicht davon abhalten anzuhalten und zu horchen. Er sah Licht, aber er hörte nichts. Sollte er jetzt direkt klingeln und sich tausend Mal entschuldigen und zu Grabe kriechen und den Wein und den Hamster vorzeigen?

Von seinem Elefanten kam keine Antwort. Vielleicht sparte er gerade wieder Energie, das Treffen mit seinem Vater war ja an Intensität kaum noch zu überbieten. Herr Schmidt merkte, dass er völlig durchgeschwitzt war. Er sollte schnell etwas dagegen tun, bevor er irgendetwas anderes tat.

Also ging er zügig nach oben, schloss die Tür auf, stellte Elvis in seinem Käfig sanft ab und ging ins Badezimmer. Aber Moment, wenn Fee es vielleicht noch einmal probieren würde, genau dann, wenn er unter der Dusche steht und nichts hört? Er beschrieb schnell einen Zettel mit: HALLO FEE - KOMM REIN ☺ . Er überlegte, ob er noch: ICH BIN UNTER DER DUSCHE darunter schreiben sollte, entschied sich aber dagegen - es würde nur unnötige Missverständnisse erzeugen. Er klebte den Zettel außen an seine Wohnungstür. Dann ließ er die Wohnungstür wagemutig einen Spalt offen und ging zurück ins Badezimmer. Während er zügig duschte, glaubte er immer wieder, jemanden kommen zu hören. Er war hin und her gerissen zwischen den Ideen, dass es vielleicht Fee oder vielleicht auch ein fremder Einbrecher sein könnte. Er erinnerte sich an die Szene bei Psycho unter der Dusche und merkte, wie sein Fokus schon wieder in die vollkommen falsche Richtung ging und ihm Zeit und Energie raubte.

Er beendete seinen Aufenthalt im Badezimmer so schnell wie möglich und stand drei Minuten später vor dem Regal mit seinen Klamotten. Was sollte er anziehen? Warum hatte er keinen Plan? Jeans, T-Shirt, Ringelsocken, Cap und gut! Was jetzt? Haare schneiden - dann kann er sie nass lassen. Kochen? Tja, da wird er Fee einfach mitentscheiden lassen. Wenn sie überhaupt noch kommt. Sie wird wahrscheinlich um Punkt 10 Uhr bei ihm geklingelt haben. Und dann hat sie es vielleicht zehn Minuten später noch einmal versucht. Und dann? Was hat sie dann gemacht? Wahrscheinlich hat sie die Verabredung geknickt und hat sich etwas anderes vorgenommen...

„STOPP! Das ist alles reine Spekulation in die falsche Richtung! Hör endlich auf mit dem Scheiß!", mischte sich endlich sein Elefant ärgerlich ein.

„Ja, aber was soll ich denn machen? Ich kann doch nur spekulieren..."

„Fängt das schon wieder an? Ich kann doch nur – nänänänänä!", äffte sein Elefant ihn nach.

Herr Schmidt hielt inne. Was könnte er tun? EIN Plan reicht. Er könnte jetzt nach unten gehen, und klingeln. Guter Plan! Das reicht – los geht´s! Er nahm all seinen Mut zusammen und - klapp – zog die Wohnungstür zu. Oh, Gott – scheiße! Er hatte seinen Schlüssel in der Wohnung gelassen. „Ich Idiot! Was bin ich nur für ein gottverdammter Idiot! Ich könnte heulen vor Wut!"

„Das brauchst du dir gar nicht erst einzureden – ich entscheide, ob wir heulen oder nicht! Außerdem hast du noch die Ersatzschlüssel von Mama in der Hosentasche Und über Gott reden wir dann bei nächstbester Gelegenheit."

Herr Schmidt fühlte nach den Schlüsseln in seiner Hosentasche und atmete erleichtert durch. Das konnte doch alles kein Zufall sein. Irgendwie schien das Universum weiter auf seiner Seite zu sein. Er ging die 22 Stufen hinunter in den dritten Stock atmete noch einmal tief durch und klingelte. Es dauerte einen Moment, dann hörte er ein Schlurfen, das sich der Wohnungstür von innen näherte. Ein langhaariger Kerl mit Nickelbrille öffnete die Tür. Er war vielleicht Mitte zwanzig, trug eine abge-

schnittene Jogginghose, rosa Fellpuschen und ein abge-
wetztes T-Shirt mit einem Regenbogen.

„Ja?"

„Ich bin der Olaf aus dem vierten Stock und ich war eigentlich mit Fee verabredet – um zehn eigentlich – ist sie
da?"

„Nö!"

„Weißt du vielleicht, ob sie um zehn da war?"

„Nö – war sie nicht. Ich war den ganzen Abend hier."

„So? Nanü!"

„Aber wenn ihr verabredet seid, dann kommt sie bestimmt gleich. Willst du reinkommen?"

Herr Schmidt überlegte. „Nun ja, warum nicht - ich meine, gut! Trinkst du Wein? Ich habe oben noch eine Flasche, die könnte ich runterholen."

Zwei Minuten später kämpfte Herr Schmidt in Fees Küche mit dem Korken. Er hatte so etwas noch nie gemacht.
Ludwig, der freundliche, aber recht mundfaule Mitbe-
wohner von Fee nahm ihm die Flasche und den Korken-
zieher aus der Hand.

„Hui – ein 1988 Merlot bleu – der muss ein Vermögen
wert sein. Wo hast du den denn her? Ich meine, von
Wein hast du ja offensichtlich überhaupt keine Ahnung..."

„Ein Geschenk von meinem Vater, den ich eben gerade nach 30 Jahren das erste Mal wieder gesehen habe."

„Echt? Respekt!" Plock – gerade als Ludwig die Flasche entkorkt hatte, hörte Herr Schmidt den Schlüssel in der Wohnungstür. Fee schwebte hastig in die Küche und war offensichtlich überrascht, dass sie ihn und Ludwig beim Weintrinken vorfand.

„Aaah!"

„Oooh!"

„Ahoi zusammen. Entschuldige meine Verspätung. Oh, mein liebes Geburtstagskind. Du wirst gar nicht glauben, was ich heute alles erlebt habe."

„Nein, wahrscheinlich nicht.", erwiderte Herr Schmidt mit einem seligen Lächeln.

„Will jemand was von dem Wein? Lohnt sich wirklich!", fragte Ludwig, der sich gerade das ersten Schluck gegönnt hatte.

Kapitel 16: Das Date und die Kunst

Fee sprudelte die ganze Zeit. Was sie mit ihrer Freundin Lisa beim Einkaufen erlebt hatte, wie schwierig es war, die richtigen Farben im Künstlerbedarf zu finden, woran man alles denken muss, wenn man einen neuen Handyvertrag abschließen will und ganz spannend: wie wichtig es ist, dass man nicht jedem Aktivisten in der Innenstadt seine Unterschrift gibt, weil so viel Betrüger die Gutgläubigkeit ihrer Mitmenschen hemmungslos ausnutzen würden.

Herr Schmidt hörte sich alles mit größter Aufmerksamkeit an und wunderte sich, wie wenig zauberhaften Feenstaub ihre Erzählungen versprühten. Lag es schon wieder an ihm und seiner kritischen Haltung? Hatte er sich einfach zu viel erhofft und musste nun feststellen, dass seine Fee vielleicht doch nur eine ganz normale, hübsche junge Frau mit goldenen Haaren war?

Als sie zum letzten Kapitel ihrer Tageschronik kam, war er durch seinen Weinkonsum langsam so entspannt, dass er sich überhaupt keine Sorgen mehr machte, ob er ihren Ansprüchen an Originalität standhalten könnte. Fee kam auch deshalb eine Stunde zu spät, weil sie versprochen hatte, mit ihrer Freundin Lisa bei dem Umzug eines Bekannten zu helfen. Sie hatten eigentlich beide keine Lust und dachten, dass das große Tragen schon vorbei sein würde, wenn sie erst spät zur Umzugsgesellschaft stoßen würden. Doch ihre Strategie ging nicht auf, denn die meisten anderen Helfer hatten scheinbar die gleiche Idee und waren auch viel später gekommen, als erwartet. Somit hieß es mitgegangen - mit gefangen und als sie dann endlich um 22:15 mit der letzten Fuhre zurückkamen, merkte sie, dass sie gar keine Handynummer von Herrn Schmidt hatte, um ihre Verspätung anzukündigen.

„Ich habe gar kein Handy.", erklärte Herr Schmidt mit einem selbstbewussten Lächeln.

„Nein?", stellte Fee ungläubig fest.

„Tja, so was soll es immer noch geben!", kommentierte Ludwig trocken.

„Warum hast du kein Handy?", fragte Fee, nach dem sie sich wieder einigermaßen gefasst hatte.

„Ganz einfach, weil ich keins brauche!", erwiderte Herr Schmidt, immer noch selbstbewusst lächelnd.

„Na, denn.", kommentierte Ludwig noch eine Spur trockener.

„Ja, wenn du meinst. Ich glaube, ich könnte das nicht, aber jeder wie er mag!"

Herr Schmidt hatte gedacht, dass es jetzt eine längere Diskussion über die Vor- und Nachteile der ständigen Erreichbarkeit und des permanenten Netzzuganges geben würde und war ein bisschen enttäuscht. Er wollte sich seine Enttäuschung jedoch nicht anmerken lassen und nutze die Stille, um den Aufbruch zum künstleri-

schen Date zu initiieren. Er schaute sich in der Küche um, fand jedoch keine Uhr.
„Weiß jemand, wie spät es ist?"

Fee prustete los und Ludwig schaute auf.
„Hast du kein Handy?", fragte er in einem Ton, der nicht verriet, ob er sich dabei amüsierte oder nicht.

„Nein, ich habe keine Uhr.", entgegnete Herr Schmidt mit einer Spur Oberwasser.

„Es ist jetzt zwanzig nach elf." löste Fee Herrn Schmidts Frage auf. „Also haben wir noch 40 Minuten für die Geburtagsperformance. Wolltest du nicht dabei kochen?"

„Ja genau – wie steht es denn um deinen Hunger?"

„Ich könnte gut was Essen. Was gibt es denn?"

„Das können wir gleich zusammen aussuchen – mein Kühlschrank ist randvoll – ganz kreativ sozusagen. Du wolltest noch dein Baulicht mitnehmen."

„Ach ja, hilfst du mir tragen?"

Wenige Minuten später, sie hatten noch den Rest des Weines ausgetrunken, kamen Herr Schmidt und seine Fee mit zwei großen Baulichtern, den dazu passenden Ständern und ihrem Haarschneide-Equipment in seiner Wohnung an.
„Wo wollen wir es machen?", fragte er unsicher.

„Na ja, ich dachte, du kochst dabei, also wohl in der Küche. Die Baulichter stellen wir da hinten und hier vorne auf, dann fällt der Schatten schön an die Wand da hinten."

„Gut, dann lass uns doch mal in den Kühlschrank gucken – ich hoffe, da ist was nach deinem
Geschmack. Und hier drüben auf dem Regal steht der Rest meiner Vorräte."
Herrn Schmidt erinnerte sich daran, dass sein Einkauf gestern eigentlich auch nur eine Spontan-Aktion war und jetzt stellte sich diese Fügung des Universums als echter Volltreffer raus. Fee prüfte den Kühlschrank ausgiebig und dann auch das Regal. Sie stellte alles, was sie für essbar hielt, auf den Küchentisch, wo auch noch der Käsekuchen seiner Mutter stand.

„Oh, Käsekuchen! Und noch keiner hat davon gegessen. Ich mag Käsekuchen!"

„ Er ist von meiner Mutter. Bedien dich, obwohl ich ihn nicht wirklich empfehlen kann, er ist ziemlich trocken."

„Kein Wunder, wenn er hier unabgedeckt den ganzen Tag rumsteht – ich probiere mal."
Sie fand sofort die Besteckschublade und zog ein größeres Messer heraus, um den Kuchen anzuschneiden. Dann steckte sie sich ein mittleres Stück direkt in den Mund.
„Mm, der ist lecker! Willst du nicht auch mal probieren?"

Herr Schmidt wollte eigentlich nicht, aber irgendwie fühlte er sich genötigt, also nahm er sich ein Stück und steckte es sich in den Mund. Trockener Frischkäseersatzgeschmack knirschte zwischen seinen Zähnen und rieselte auf seine Zunge. Er griff im Kühlschrank nach der Flasche CitrusFresh und nahm einen eiskalten Schluck direkt aus der Flasche. Den Rest seines Kuchenstückes wollte er gerade ohne viel Aufheben in den Mülleimer schmeißen, als Fee ihn aufhielt.

„Den kannst du doch nicht wegschmeißen! Andere träumen von so einem leckeren Kuchen. Vielleicht solltest du mal mitkommen, wenn wir containern gehen."

„Was macht ihr?"

„Containern heißt, wir tauchen im Müll nach Lebensmitteln, die man noch gut essen kann. Zum Beispiel im Hinterhof beim EDEKA-Markt. Da findest du alles Mögliche in rauen Mengen und dann bringen wir die brauchbaren Sachen dem Obdachlosenheim an der Simon-von-Utrechtstraße. Komm doch mal mit."

„Okay, keine schlechte Idee. Und den Kuchen - ich mach eine Folie drüber und stelle ihn erst mal in den Kühlschrank und dann kannst du ihn ja später mitnehmen. Ich esse den nicht, er ist mir zu trocken."

„Wenn du meinst – klaro! Und kann es sein, dass du deine Mutter nicht so richtig leiden kannst?"

„Doch, doch! Alles gut!" Herrn Schmidt nervte, dass er zu Fee nicht ehrlich war. Sie würde es irgendwann merken und bestimmt nicht gut finden. Aber sie war ihm irgendwie auch ein bisschen unheimlich geworden, seit dem sie den Kuchen von seiner Mutter so lecker fand. Fee hatte inzwischen einige Zutaten für die Koch-Performance ausgewählt.

„Du kannst natürlich auch ganz was anderes nehmen, aber ich mag die grünen Nudeln, Nutella, die Grapefruit und den Sapotillapfel, wenn er schon reif ist. Dann vielleicht den Blattspinat dazu, ein Stück Gurke, den Hüttenkäse und schwarze Oliven mit Parmesan."

„Okay, gut, das würde dann in Richtung Nudelsalat gehen oder?"

„Ja ja, du machst das schon. Du machst die Kochgeschichte und ich schneide und färbe dir dabei die Haare – okay?"

„Färben? Ja klar, warum nicht?"

„Willst du noch ein Dressing zum Salat?"

„Nicht unbedingt, aber entscheide du. Zur Not ist ja auch noch ein Fladenbrot da. Hast du eigentlich Musik?"

„Äh, nicht mehr so richtig, weil bei dem Soundcheck vorhin, ist mir ja die Anlage durchgebrannt und die habe ich vorhin noch zur Reparatur weggebracht..."

„Echt, ja wohin denn, ich suche auch einen, der HiFi reparieren kann."

„Na ja, ich ... ich kenne da so jemanden in Poppenbüttel..."

„Das ist ganz schön weit weg."

„Da habe ich früher gewohnt, ich bin ja erst seit kurzem hier auf St. Pauli."

„Das hört man!" Sie lachte. „Die frisch Zugezogenen sprechen noch von AUF ST. Pauli. Das ist Touri-Speech!"

„Wie lange wohnst du denn schon hier?"

„Ach, schon lange! Fast zwei Jahre!"

„Und wo kommst du eigentlich her?"

„Das ist jetzt nicht so wichtig, wir wollen doch jetzt Haare schneiden und kochen. Man kann sich nicht auf alles auf einmal konzentrieren, da kommt dann meistens nichts Passables raus."

Herr Schmidt war beeindruckt, mit welchem Pragmatismus Fee seine Nachfrage zu ihrer Herkunft weggebügelt hatte. Er ging zum Radio und suchte einen einigermaßen erträglichen Sender. Er landete bei den Oldies und Fee hatte nichts dagegen. Sie meinte, wenn man hin und wieder den Sound seiner Eltern hört, kann man sie besser verstehen, auch wenn es nicht um Musik geht.
„Okay. Wie wollen wir das mit dem Haare schneiden und kochen machen, damit keine Haare ins Essen geraten?"

„Zu erst schneide ich die Grundform, dabei kannst du im Sitzen die Zutaten vorbereiten – das wird schon funktionieren. Dann bereite ich die Färbung vor und du kochst die Nudeln und was sonst noch anfällt. Dann trage ich die Färbung auf und während die Farbe einwirkt, kannst du dann den Rest machen – einverstanden?"

„Äh, ja – gut! An welche Farbe hast du denn gedacht?"

„Ich glaube ein Rotton würde dir gut stehen."

„Rot? Ähm, tja, warum eigentlich nicht. Ich bin gespannt."
Herr Schmidt hoffte, dass sein Gesicht nicht zu deutlich verraten hatte, dass er rot für eine riesige Herausforderung hielt. Aber genau deshalb war er ja hier: Herausforderungen annehmen und meistern.

„Hast du was dagegen, wenn ich unsere Performance filme? Nee? Gut! Dann lass uns mal loslegen. Wir brauchen ein Handtuch um deine Schultern und du solltest vorher dein T-Shirt ausziehen, damit nicht die abgeschnittenen Haare daran kleben bleiben. Und dann setzt du dich am besten hier vorne auf den Küchenstuhl."

Herr Schmidt merkte, wie seinem Elefanten mulmig wurde. Mit nacktem Oberkörper von einer fast fremden Frau die Haare geschnitten zu bekommen, lag nicht in seiner Komfortzone. „Wird schon klappen!", dachte er in Richtung seines Elefanten. „Es sind nur Haare, die wieder nachwachsen."

Zwei Minuten später saß er auf dem Küchenstuhl und Fee fuhr mit ihren Händen sorgsam durch seine Haare, um ein Gefühl für die Grundform seiner Frisur zu bekommen. Er bekam dabei eine Gänsehaut und freute sich, dass er sich auf dieses Experiment eingelassen hatte. Während ihr Handy alles aufnahm, fing sie an, mit kräftigen Schnitten seine Deckhaare zu kürzen und Herr Schmidt pellte die Grapefruit. Er achtete darauf, dass seine Bewegungen harmonisch mit ihren zusammenpassten. Da sein Kopf das Zentrum ihres Zusammenspiel war, versuchte er ihn so ruhig wie möglich zu halten. Nach der Grapefruit kam, der Sapotillapfel dran, wobei er keine Ahnung hatte, welcher Teil davon essbar war und welcher nicht. Fee war inzwischen an seiner linken Seite angekommen und kürzte mit Kamm und Schere seine Koteletten ein. Als sie auf die rechte Seite wechselte, zerhackte Herr Schmidt gerade den Blattspinat in kleinste Stückchen, weil er hoffte, dass er dann sein Aroma voll entfalten oder zumindest geschmacklich nicht mehr allzu viel Schaden anrichten würde.

„Ich finde, wir sollten nicht so sehr auf die Symmetrie achten – die wird allgemein überschätzt. Ich orientiere mich lieber an der Idee, dass natürliches Design entsteht, wenn alles wie zufällig arrangiert ist.", kommentierte Fee ihre Einkürzung auf der rechten Seite.

Herr Schmidt stimmte ihr zu und entschied, die Nutella-Creme erst einmal zu vernachlässigen. Wer will, könnte sie dann ja als Dressing-Ersatz selbst dosieren. Bevor Fee sich nun um seinen Pony kümmerte, zog sie sich ihr T-Shirt aus.
„Gute Kunst zeichnet sich dadurch aus, dass sie schon in der Entstehung mächtige Energien freisetzt. Mir wird richtig heiß dabei."

Herr Schmidt hätte gern etwas erwidert, aber er war zu sehr von der Aussicht abgelenkt. Direkt vor seinem Gesicht wippten in 15 Zentimeter Entfernung ihre wohlgeformten Brüste hin und her. Manchmal schaute sie ihm aus nächster Nähe voll ins Gesicht, um die Länge und den Fall des Ponys zu kontrollieren. Sie lachte dabei und schien sehr zufrieden mit ihrem Werk. Er versuchte sich ganz entspannt zu geben, aber in seinem Schritt war inzwischen eine offensichtliche, harte Wölbung entstanden, die ihn unangenehm unter Druck setzte. Als sie dann auch noch ihren Kamm in seinen Schoß legte, um mit beiden Händen den Übergang vom Pony zu den Seiten zu erfühlen, befürchtete Herr Schmidt, dass er seine Ejakulation nicht mehr zurückhalten konnte. Und tatsächlich, als sie den Kamm wieder aufnahm und dabei seine Penisspitze unbeabsichtigt mit ihrem Handrücken über die Jeans touchierte, kam er – ganz still wie immer. Und wie immer, räusperte sich sein Elefant automatisch. Doch diesmal hatte er keine Klopapierrolle neben sich liegen, wie sonst, wenn er onanierte. Der Samenerguss hing jetzt in seiner Unterhose und es war nur eine Frage der Zeit, bis er in seine Jeans sickern und sich als feuchter Fleck zeigen würde.

„Du, können wir eine kurze Pause einlegen, mich drückt meine Blase."

„Ja, gleich. Einen kleinen Moment noch, ich habe gleich die Verbindung zwischen deiner Stirn und deinen Seiten hergestellt. Du wirst überrascht sein, was man alles mit deinen Haaren zaubern kann."

Herr Schmidt wollte noch weiter intervenieren, aber sie schaute ihn nur kurz streng an und schüttelte dann lächelnd ihren Kopf. Sei's drum, jeder wie es ihm gefällt. Doch überraschenderweise brauchte Fee tatsächlich nur noch zwei Minuten, um den ersten Teil - die Grundform, wie sie es nannte, zu vollenden. Sie trat zwei Schritte zurück, peilte noch einmal über alle Seiten und lachte zufrieden auf.
„So, dass hätten wir schon mal geschafft."
„Gut!", erwiderte Herr Schmidt und ging so geschmeidig wie möglich ins Badezimmer. Dort angekommen,

schloss er die Tür, wischte zunächst seine Unterhose mit Toilettenpapier so weit wie möglich trocken, entschied sich dann aber kurzerhand anders und duschte sich kurz unten herum ab. Dann blickte er in den Spiegel und war doch einigermaßen überrascht von Fees Grundform. Die Seiten waren betont asymmetrisch. Links länger und in längere Haare hinten auslaufend. Rechts kürzer und auch in kürzere Haare im Pony einmündend. Es sah insgesamt aus, als wäre seine Grundform wie eine Mütze im Ganzen nach links gerutscht. Aber warum nicht, stören tat es ihn nicht. Sein Anblick entlockte ihm sogar ein vorsichtiges Lächeln. Wenn seine Mutter ihn sehen könnte. Oder sein Vater. Bei diesem Gedanken zuckte er zusammen. Er verlor sein Lächeln und seine Augen wurden feucht.

„Komm, reiß dich zusammen, alles ist gut, wenn du einen eigenen Plan hast. Koste es aus, genieße den Moment – freu dich auf Morgen!", hörte er sich leise denken. Als er wieder in die Küche zurückkam, stand Fee auf dem Balkon und rauchte. Es roch nach Marihuana.

„He, hast du geweint?"

„Nee, nur Seife im Auge – ich hatte noch Haarreste im Gesicht."

„So? Na, dann. Willst du auch mal ziehen?"

Herr Schmidt hatte es noch nie gewagt, obwohl er schon einige Bücher über verschiedene Rauschmittel gelesen hatte. Er glaubte, dass er dem Rausch sofort und für immer verfallen würde und darum keinen Millimeter Spielraum hätte. Aber war das wirklich so? Hatte er einen Plan oder nur Bedenken? Probieren wir es aus – gilt das als Plan?

„Okay, warum nicht."

Fee reichte ihm den kleinen Grasjoint. Er hatte bis jetzt erst ein einziges Mal an irgendetwas gesogen, was qualmte. Damals vor vielleicht 31 Jahren war das eine R6 – die besonders leichte Zigarette mit den beiden Vollidioten Marek und Spider, der eigentlich Ulrich Spinnenkrauth hieß. Es war eine Mutprobe in der dritten oder vierten Klasse. Sie glaubten, er würde es nicht wagen, aber er tat es, allerdings nicht auf Lunge, was sie jedoch nicht merkten, weil er sofort danach einen Hustenanfall simulierte. Diesmal war es wieder eine Mutprobe. Er könnte wieder elegant daran vorbei paffen oder endlich einmal inhalieren. Also gut, diesmal ohne Simulation. Er führte den Grasjoint an seine Lippen und sog kräftig dran. Doch bevor er den Rauch vollständig inhalieren konnte, schüttelte ihn auch schon ein heftiger Hustenanfall so kräftig durcheinander, dass er erst 10 Minuten später wieder ruhig atmen konnte. Fee hatte so etwas noch nie erlebt, Herr Schmidt schien nicht nur vom Rauch, sondern auch von der ganz normalen Atemluft zum Husten gereizt zu werden. Sie hatte zwischendurch sogar befürchtet, dass er Asthma hätte und ersticken könnte. Erst als er sich den eiskalten Rest Citrusfresh hinuntergestürzt hatte, ließ der Hustenkrampf endlich nach.

„Du solltest lieber beim Wein bleiben!", sagte sie trocken.

„Apropos Wein – ich habe noch eine Flasche irgendwo – sollen wir die vorsichtshalber kaltstellen?"

„Ja, mach nur und lass uns dann weitermachen. Es ist schon viertel vor zwölf."

Sie ging zurück in die Küche und schalte die Kamera ihres Handy wieder ein. Sie mischte die Farbe aus drei verschiedenen Chemikalien an, die aber alle rein natürlich waren, wie sie betonte und Herr Schmidt setzte das Nudelwasser auf. Als es kochte, schmiss er nicht nur die Nudeln, sondern auch alles andere, was er vorher klein geschnitten hatte, in das heiße Wasser. Im Notfall gab es ja noch das Fladenbrot. Nun konnte er sich wieder hinsetzen und Fee mit der Farbe an seine Haare ranlassen. Fee hatte sich inzwischen blaue Einweg-OP-Handschuhe übergezogen und rührte mit dem Pinsel in der Farbschale. Herr Schmidt hatte wieder das Handtuch über seinen Schultern, und sie fing an, die Farbpaste auf einzelne Strähnen aufzutragen.

Bis jetzt war es doch ein recht erfolgreicher Abend, resümierte er für sich selbst. Ein heimlicher Orgasmus beim Haare Schneiden, ein heftiger Hustenanfall und eine bekiffte barbusiger Haarkünstlerin, die ihn jetzt in einen modischen Hipster verwandeln wird. Herr Schmidt hatte gehofft, dass er vielleicht einen Kommentar von seinem Elefanten spendiert bekommen würde, aber er hörte nichts von ihm. War es das jetzt gewesen mit ihrer fantastischen gemeinsamen Reise? Mit magischen Mücken, stillstehenden Universen und unglaublichen Erkenntnissen? Fing jetzt wieder der Alltag an, ohne innere Stimme, ohne das fotografische Gedächtnis und diese wohltuende Nähe zu sich selbst? So schnell wird man also erwachsen. Er fragte sich, ob er jetzt enttäuscht wäre – irgendwie schon. Aber andererseits ging es ihm auch gut. Vielleicht so gut wie noch nie.

„Mein lieber Elefant, wenn du mich noch hörst, dann gebe mir ein Zeichen!", flehte er sich lautlos an.

„Puuups!", entwich es hörbar seinem Darm.
Fee lachte.

„Entschuldigung.", bemerkte Herr Schmidt kleinlaut.

„Liegt bestimmt an den Dämpfen.", erklärte Fee und ließ sich nicht aus der Ruhe bringen.

„Ich glaube, ich sollte unsere Nudelsuppe mal etwas umrühren, kannst du im Stehen weitermachen?"

„Kein Problem!", erwiderte Fee und kratze die Reste aus der Farbschüssel, um die letzte Portion an seinem Hinterkopf aufzutragen.

Während Herr Schmidt die grünen Nudeln mit der innovativen Beilage aus Grapefruitstückchen, Sapotillapfel, Gurke, Blattspinat, Hüttenkäse und schwarzen Oliven in dem Topf umrührte, fragte er sich, was es überhaupt im Leben zu gewinnen gab. Für ihn? Für irgendjemanden? Nun gut, er hatte vor ein paar Stunden Elvis das Leben gerettet, damit er vielleicht zwei oder drei weitere Jahre länger in seinem Käfig rumknabbern und kacken, den Tag verschlafen oder in seinem Rad auf der Stelle laufen könnte. Alle können Zeit gewinnen. Nur manche, wie zum Beispiel seine Mutter, scheinen dann die Jahre, die sie haben, irgendwie durchstehen zu müssen. Als ob sie zuviel Zeit hätten. Anderen, wie seinem Vater, fehlt plötzlich die Zeit und sie müssen im ganz engen Zeitrahmen noch wichtigste Dinge erledigen, wie sich vom eigenen Sohn zu verabschieden oder die Sprachlosigkeit mit den eigenen Töchtern wieder ins Lot zu bringen. Aber was war mit ihm selbst? Hatte er genug Zeit? Oder zuviel? Es ist niemals zu spät, solange noch keine Kugel in deine Stirn eingeschlagen ist. Woher nahm Boris diese Erkenntnis. Wie konnte er das wissen?

„Woran denkst du?", fragte ihn Fee plötzlich.

„Ob ich zuviel oder zuwenig Zeit in meinem Leben habe.", antwortete Herr Schmidt ohne Umschweife.

„Warum nicht genau richtig?"

„Gute Frage. Hängt wohl immer davon ab, was man noch vorhat oder?"

„Na ja, essen steht noch an, Farbe rauswaschen und dann schauen wir mal.", sagte sie mit einem vieldeutigen Lächeln. „Wie weit sind denn die Nudeln?"

„Schon mächtig hart!", rutsche es ihm vorlaut raus.

„Ach!", sagte sie und musterte ihn, wie er auf ihre Brüste schielte.

Überraschender Weise hatten die grünen Nudeln tatsächlich etwas von dem Geschmack der Beilagen angenommen. Das ganze war zusammen gut essbar – es hatte sogar etwas eigentümlich Interessantes. Die herbfruchtige Note mit den Oliven, dem Hüttenkäse und dem darüber geriebenen Parmesan passten gut zu den grünen Nudeln mit den Blattspinatfitzeln. Herr Schmidt schrieb sich das Rezept auf. Als er das Wasser abgekippt hatte und dann die Portionen auf zwei Teller verteilt hatte, war er sich überhaupt nicht so sicher und hatte auf das Fladenbrot als Notnagel gesetzt, aber jetzt kam es ihm vor, als wenn eine große Kochkarriere auf ihn warten könnte. Er hatte seinen Teil der Künstlerperformance erfüllt. Fee war nicht ganz so begeistert, aber sie hatte zumindest das Fladenbrot unerwähnt gelassen.

Nach dem Essen gingen sie beide ins Badezimmer, um seine Haare auszuspülen. Er beugte sich über die Badewanne und sie wusch ihm die Paste aus den Haaren. Er genoss ihre massierenden Hände auf seiner Kopfhaut und das warme Wasser, das ihn ganz kribbelig werden ließ. Kam ihm sein erster Orgasmus noch wie eine rein mechanische Funktion seines Elefanten vor, ergriff ihn nun eine ganze neue Facette des Reiterdaseins. Er hatte sexuelle Fantasien. Er stellte sich vor, wie er jetzt gleich mit Fee in die Wanne stieg, sie sich aneinander reiben würden und er von hinten in sie eindringen würde. Sein Penis drängelte sich in seiner Jeans schon wieder nach oben, was ein kraftvolles, aber auch schmerzhaftes Gefühl mit sich brachte.

Fee stellte das Wasser ab und er nahm sich das Handtuch, um seine nun akkurat schief sitzende Grundform ein wenig trocken zu rubbeln und die neue Farbgebung zu bewundern. Der erste Blick in den Spiegel war viel versprechend. Seine eben noch kartoffelfarbenen Haare hatten nun rote und an manchen Stellen sogar leicht lila Strähnen, die sich unregelmäßig über seine linkslastige Frisur hinzogen.

„Du siehst toll aus!", rief sie aus.
Er war auch beeindruckt und schaute Fee direkt in die Augen. Dann beugte er sich vor und gab ihr einen zarten

Kuss auf den Mund, den sie erwiderte. Er küsste sie noch einmal und spürte, wie ihre Zunge an seinen Lippen spielte. Er öffnete auch seine Lippen und musste leider im nächsten Moment wieder husten und beendet damit abrupt das erste Liebespiel seines Lebens.

„Liegt bestimmt an den Dämpfen.", sagte Fee zum zweiten Mal und schaut ihm voller Mitgefühl zu, wie er versuchte seinen Hustenanfall in den Griff zu kriegen. Sie nahm sich den Föhn und fing an, seine Haare zu trocknen, während er auf dem Wannenrand saß und tief durchatmete, um sich zu erholen. Seine Hand berührte wie zufällig ihren Oberschenkel und wanderte dann doch sehr gezielt hoch zu ihrem Hintern. Er fühlte sich fest und rund an. Herr Schmidt glaubte, noch nie etwas Angenehmeres in den Händen gehalten zu haben und sein Penis stimmte ihm pulsierend zu. Fee legte den Fön weg und endlich konnte man das volle Ausmaß des Farbspiels in seinen trocknen Haaren erkennen. Er stand auf und nahm vorsichtig ihre Hand. Sie sahen sich über den Spiegel in die Augen und lächelten gemeinsam. Herr Schmidt wollte etwas sagen, aber sie legte ihm ihren Finger auf die Lippen und zog ihn sanft aus dem Badezimmer.
„Komm, wir gehen in die Kiste!", flüsterte sie ihm zu und holte grinsend ein Kondom aus ihrer Hosentasche. „Wo ist dein Bett?"

Herr Schmidt führte sie in sein Schlafzimmer und Fee ließ sich auf seine Matratze fallen. Er legte sich neben sie und sah ihr zu, wie sie ihre Hose und ihren Schlüpfer auszog. Dann half sie ihm, seine Hose auszuziehen und setzte sich auf ihn drauf. Sie öffnete die Verpackung des Kondoms mit den Zähnen und stülpte das Gummi über seinen Penis. Obwohl sie sehr routiniert und schnell war, war er schneller. Er ejakulierte noch bevor sie ihn einführen konnte. Sie lachte.

„Du bist noch Jungfrau oder?"

Herr Schmidt wusste nicht, was er sagen sollte und nickte verlegen.

„Du bist wirklich ein sonderbarer Typ, aber ich mag dich! Und mache dir keine Sorgen, dass kriegen wir schon wieder hin. Du kannst jetzt erst einmal mich befriedigen - der gemeinsame Orgasmus wird sowieso total überschätzt."

Sie legte sich auf den Rücken und zeigte Herrn Schmidt, wie er sie berühren und streicheln sollte, während sie ihren Kitzler stimulierte. Er kam sich ein bisschen vor wie in einem Flugsimulator, aber ihr schien es zu gefallen. Ihr Stöhnen wurde lauter und tiefer und während sie in ihrem tiefen Orgasmus schwelgte, hatte er plötzlich die tiefe Stimme seiner Mutter in seinem inneren Ohr.

„Jungchen! Und lass dich bloß nicht mit den Mädchen ein! Die reißen dich ins Verderben."

Er zuckte wütend zusammen - seine Erinnerung hatte ihn schlagartig aus der schönen Stimmung gerissen.

„Vielen Dank – mein scheiß Elefant!", zischte er wütend und Fee öffnete überrascht ihre Augen.

„Was?" fragte sie müde nach.

„Ach, nichts. Ich habe nur mit mir selbst gesprochen."

„Ach, nimm es nicht so schwer – du warst gut..." Sie schloss ihre Augen wieder und kuschelte sich an ihn heran. Er hielt still, obwohl es immer noch in ihm brodelte. Zwei Minuten später verriet ihr leises Schnarchen, dass sie eingeschlafen war.

Herr Schmidt war verwirrt. Einerseits war er sehr zufrieden, denn er hatte sein erstes Date hinter sich, inklusive zwei Orgasmen. Er hatte noch nie zwei Orgasmen an einem Tag. Und er hatte viel gelernt über sich, über Sex und auch ein bisschen über Fee, obwohl er immer noch nicht wusste, wer sie eigentlich war. Sie schien unkompliziert, witzig, originell und selbstbewusst, aber er könnte nicht sagen, ob er ihr oder sie ihm irgendetwas Besonderes bedeuten würde. Er hätte ihr gern von seinem Tag erzählt. Andererseits war er ganz froh, dass sein Tag immer noch in ihm wirkte, weil er ihn nicht herausgeplappert hatte. Dabei fiel ihm wieder die verstörende Erinnerung mit der tiefen Stimme seiner Mutter ein. Auch sie trug er noch in sich. Und er hatte die bedenkliche Vorahnung, dass er sie noch lange in sich tragen würde. Nein, sein Weg war noch lange nicht zu Ende. Die Liste der Schandtaten, die er gegen sich selbst verübt hatte, war noch nicht einmal geschrieben.

Kapitel 17: Balkon mit Mond

Herr Schmidt war nicht müde. Er hatte die schlafende Fee in seinem Bett noch ein paar Minuten liebevoll beobachtet, bevor er leise aufstand und auf den Balkon ging. Die Giraffenuhr in der Küche stand auf zehn vor halb zwei. Die Nacht war für Mitte Juni kühl und er fröstelte auf seinem Gartenstuhl. Er schaute zitternd in den Himmel. Der Mond schien so hell, dass keine der schnell dahin ziehenden Wolken ihn vollkommen verdecken konnte. Ja, es sah sogar aus, als wenn er derjenige wäre, der vor den stehenden Wolkenbändern über den Himmel raste. Selbstbewusst, unbeeindruckt, frei. Herr Schmidt hatte den Mond noch nie als so beeindruckenden Star am Firmament erlebt. Von weit her konnte er den Lärm von vielen Menschen hören, die sich lautstark vergnügten. Hin und wieder hörte er Musikfetzen, eine Polizeisirene oder einen Rettungswagen. St. Pauli brodelte, auch wenn Herr Schmidt nichts davon sehen konnte.

„Du solltest uns eine Decke holen oder uns mehr anziehen.", hörte er plötzlich die Stimme seines Elefanten.

„Danke für den Tipp – Mama!", erwiderte Herr Schmidt gehässig. Er wusste, dass er ungerecht war, aber er hatte immer noch kein Verständnis dafür, dass ihm sein Elefant genau während Fees Orgasmus die Erinnerung an seine Mutter zumutete.

„Ich ... ich ... es tut mir leid!", stotterte sein Elefant. „Wie du schon sagtest, ich bin keine Maschine und du hast wahrscheinlich keine Vorstellungen davon, wie viele meiner wirklich fundamentalen Denkgewohnheiten in den letzten Stunden über Bord gegangen sind."

„Was meinst du?"

„Ich sage nur: Frauen und Sex und Berührungen und Peinlichkeiten und Ehrlichkeit und Alkohol und Zuneigung und ganz besonders: Identität! Ich war zwischendurch schon froh darüber, dass ich noch wusste, wie ich heiße. Ich habe dich beobachtet und mich zeitweise gefragt, wer du bist und wo mein verklemmtes, frauenfeindliches Muttersöhnchen abgeblieben ist? Es tut mir so leid, aber ich habe mit aller Kraft versucht, alles zurückzuhalten, was dich in deinem Höhenflug hätte stören können und dann fehlte mir in den letzten Sekunden einfach die Kraft und diese grausame Erinnerung an deine Mutter brach einfach durch!"

„Es lag an der Tiefe ihrer Stimme, als Fee stöhnte. Das habe ich schon verstanden, da kommt schnell die Erinnerung an Mama. Aber danke für deine Entschuldigung – ich wollte dich nicht beschimpfen. Ich war eigentlich genauso überrascht und irritiert wie du. Aber ich hatte mir vorgenommen, einfach bei mir als Reiter zu bleiben und dir nicht gleich wieder in den Job zu pfuschen. Aber ich habe dich die ganze Zeit vermisst."

„Ich weiß! Und ich bin sehr stolz auf dich. Du hast mir die nötige Ruhe und Zuversicht gegeben, sonst hätte ich diesen absonderlichen Abend nie zulassen können."

„Sind wir jetzt verliebt?" Herr Schmidt fand diese Frage nach wie vor albern, aber er musste sie einfach seinem Elefanten stellen.

„Könnte sein. Aber vielleicht steht Fee nur für alle attraktiven Frauen auf dieser Welt, die wir noch nicht kennen."

„Wow, das hast du schön formuliert!"

„Ja, es warten noch eine Menge Abenteuer auf uns. Aber ich glaube, dass wir diese in Zukunft nicht mehr im innigen Zwiegespräch erleben werden."

„Was meinst du damit?" Herr Schmidt hatte schon eine vage Idee, was sein Elefant damit meinen würde, aber sie gefiel ihm ganz und gar nicht.

„Mir gefällt sie auch nicht! Ich habe es sehr genossen mich dir über diese Stimme mitzuteilen, aber der Mückenzauber, wie du es nanntest, kann nicht weiter Aufrecht erhalten werden."

„Warum nicht?"

„Unser Dialog in der jetzigen Form hat Nebenwirkungen, die wir nicht in den Griff kriegen werden. Du vermisst meine Stimme schon jetzt und wenn ich mich vollkommen daran gewöhnen würde, dann wärst du dieser Gewohnheit vollkommen ausgeliefert. Verstehst du, was ich meine?"

„Noch nicht wirklich!", gab Herr Schmidt zu.

Er sah nur die Vorteile der letzten 26 Stunden. Ohne den direkten Einfluss über die Stimme seines Elefanten, wäre er wahrscheinlich immer noch felsenfest davon überzeugt, dass Stressvermeidung und die damit einhergehende Einsamkeit seine wichtigsten Lebensziele sind.

„Wenn ich meine Stimme als Gewohnheit in uns vollkommen automatisiert hätte, würdest du sie immer hören, egal, ob es dir passt oder nicht. Das hätte Konsequenzen, die dich in kürzester Zeit verrückt machen würden. Nehme wir so eine Situation wie eben mit Fee: Stelle dir vor, ich würde bei jedem mulmigen Gefühl sofort anfangen, mit dir zu diskutieren. Dann würde kein Blut mehr in deinem Penis pulsieren, du hättest keinen Funken Aufmerksamkeit für irgendetwas übrig, außer der Auseinandersetzung mit mir. Bei jeder Überraschung, bei jedem Abenteuer, bei jeder neuen Erfahrung, würde ich dich sofort ins Innere saugen und du würdest dich nie wieder auf das konzentrieren können, was unser Universum uns gerade schenkt. Wir würden uns nur noch um uns selbst drehen und elendig daran zu Grunde gehen."

Herr Schmidt hatte bis jetzt nicht einziges Mal über die Konsequenzen ihrer magischen Verbindung nachgedacht und er verstand sofort, welches furcht erregendes Schicksal auf sie wartete, wenn es so weiter gehen würde.

„Wir werden einen anderen Weg finden! Wir haben ja schon ein paar Alternativen ausprobiert.", gab sich sein Elefant hoffnungsvoll.

„Du meinst die Skalierungsfragen?"

„Ja, genau! Damit kannst du meine Rückmeldungen präzise einfordern und steuern. Und außerdem weißt du jetzt wie mein Gefühlszyklus funktioniert. Mit ein bisschen Übung wirst du meine Bedürfnisse auf den verschiedenen Ebenen genauso gut verstehen, wie wenn ich sie dir persönlich formuliere."

„Aber was ist mit deinem fotografischen Gedächtnis? Wie soll ich da rankommen, wenn es wichtig ist?"

„Du wirst mir vertrauen müssen, so wie ich dir auch!"

„Schön, das kann ja heiter werden. Und was heißt das jetzt genau? Sind das die letzten Worte, die ich von dir als Stimme höre? Ich habe aber noch so viele Fragen an dich!"

„Welche denn?"

Herr Schmidt dachte nach. Was war übrig von all den Geheimnissen, die sein Elefant ihm noch vorenthalten hatte? Über Mama? Da wusste er genug und alles Weitere könnte er auch von ihr oder Barbara erfahren. Über Papa? Da gibt es bestimmt noch einige Geheimnisse – nur waren die wichtig? Über sich? Klar, aber was war JETZT wichtig? Was war mit der Mücke? Wie funktionierte der Mückentrick? Das war die große Frage!

„Ich kann dir nicht erklären wie der Mückentrick funktionierte. Ich kann dir nur sagen, warum!"

„Ach, nicht das WIE, aber das WARUM? Das macht mich jetzt aber wirklich neugierig. Na, dann mal los – ich bin gespannt."

„Ich habe gebetet."

„Hä? Du hast gebetet? Ach, deshalb diese Anspielungen über Gott und dass ich noch nicht reif dafür bin? Du hast gebetet und du hast ihn gefunden, den Gott, der so allmächtig ist, dass er mir sogar eine magische Mücke in mein Ohr stechen lassen konnte?"

„Ich bin mir nicht sicher, ob es die Mücke wirklich gegeben hat. Vielleicht war sie auch nur Einbildung. Aber zumindest eine Einbildung, an die du glauben konntest."

„Du meinst, ich habe mir alles nur eingebildet? Das würde ja bedeuten, dass auch deine Stimme jetzt nur meine Einbildung ist?"

„Möglicherweise, aber das ist jetzt unwichtig. Wichtig ist nur, dass es wirksam war. Du warst genau in dem Zustand, dass du einerseits so eingebildet warst, um ernsthaft zu glauben, dass Stressvermeidung mit dem Preis der Einsamkeit der Sinn deines Lebens sein könnte und andererseits warst du noch nicht zu eingebildet, um nichts mehr an dich ranzulassen. Die Mücke hat dich überzeugt, dass es Sinn macht, auf meine Stimme zu hören und dadurch hast du dich Stück für Stück geöffnet, um eigene Erfahrungen zu machen, die dich auf einen neuen, vielleicht sogar heilsamen Weg gebracht haben."

„Du meinst, die Mücke war nur ein Placebo?"

„Ja, wenn du es so nennen möchtest. Aber wie gesagt, dass WIE ist auch für mich nur Spekulation."

Herr Schmidt fühlte sich herausgefordert. Wenn die Mücke nur Einbildung war, hätte sie trotzdem wirksam sein können. Es gab keinen Gegenbeweis, jedenfalls fiel ihm keiner ein.

„Du hast also gebetet. Okay! Sagen wir an den lieben Gott, warum nicht? Aber was war der Inhalt deines Gebetes?"

„Ich habe um Gerechtigkeit gebetet. Ich wollte den gerechten Ausgleich. Irgendetwas Kreatives, was die Veränderung bringt. Und ich habe den Ausgleich bekommen. Du wolltest nur Stabilität, was eigentlich meine Aufgabe ist. Wir brauchten Kreativität, um unsere Entwicklung wieder in Schwung zu bringen. Ich konnte deshalb nicht benennen, was ich brauchte, sondern nur, was es bewirken sollte. Und da du für mich die einzige Kreativquelle in meinem System bist, habe ich eigentlich dich angebetet. In unserer Erziehung gab es nie Platz für einen lieben Gott! All unser Glaube bezog sich immer auf das, was wir verstehen konnten, was wir selbst waren. Übernatürliche Dinge konnte ich noch nie wahrnehmen."

„Du hast mich angebetet, damit ich mich ändere? Wow, das ist stark. Du hast also Gott gebeten, dass er sich ändern möge. Das ist wirklich ein guter Trick! Gott hatte dadurch gar keine Chance! Denn wenn er dich ignoriert hätte, hättest du das einfach als Beweis genommen, dass es ihn nicht gibt. Saubere Logik, muss ich schon sagen. Dafür kann ich gar nicht anders, als dir von ganzem Herzen danken, mein lieber Elefant."

Herr Schmidt merkte, dass sein Elefant ihm tatsächlich seine Frage beantwortet hatte. Er hätte sich nicht gewundert, wenn jetzt wieder das Universum angehalten und ihm eine erleuchtete Stimmung spendiert hätte. Aber nichts dergleichen geschah. Es wäre vermutlich ja auch nur eine weitere Einbildung seiner selbst gewesen. Er merkte auch, dass sein Elefant seine außergewöhnliche Mission erfüllt hatte. Er hatte ihn dazu gebracht, in dem gerechten Zusammenspiel aus Stabilität und Innovation, die kreativen Impulse zu verantworten. Eine merkwürdige, noch nie erlebte Einsicht erfasste ihn. Sie war sanft und zärtlich, aber er konnte ihren Inhalt nicht benennen, bis ihm plötzlich der Begriff DEMUT aus seinem Inneren angeboten wurde.

„Danke, mein lieber Elefant, für das Zeichen, dass du mich immer noch lieb hast und mich nie verlassen wirst. Ich verspreche dir, dass ich dich nie wieder vergessen werde.", hörte er sich denken. Oder war das schon ein Gebet?

Er schaute in den nächtlichen Himmel. Der Mond strotzte immer noch voller Kraft, obwohl er doch lediglich von der Sonne angestrahlt wurde. Die Wolken hatten sich verflüchtigt und der Wind hatte sich gelegt. Einzelne Sterne funkelten in der Nacht und er schloss die Augen. Die Geräusche von St. Pauli waren nahezu verstummt, nur in weiter Entfernung konnte er noch das brummende Rauschen der Stadt hören. Als er eine Mücke hörte, die sich ihren Weg in der Dunkelheit suchte, lächelte er, stand auf und ging rein.

Kapitel 18: Nackte Tatsachen

Herr Schmidt brauchte ein bisschen, um sich zu orientieren, als er aufwachte. Neben ihm lag Fee und damit schien er sicher sein zu können, dass er sich nicht alles nur eingebildet hatte. Sie war immer noch nackt und sie war mit ihren goldenen Locken, die ihr friedliches Gesicht wie eine goldene Gischt zärtlich umspielten, immer noch ein bezaubernder Anblick. Er fragte sich, wie sehr er sich von ihr angezogen fühlte und bekam sofort eine 9,9 von seinem Elefanten zurückgemeldet. Herr Schmidt lächelte zufrieden und erinnerte sich daran, dass Verliebtsein jedoch eine kreative Leistung sei, die jeden Tag vom Reiter neu erfunden und überprüft werden müsse. Wollte er überhaupt in sie verliebt sein? Wollte er dabei in Kauf nehmen, dass er gleich in die nächste Abhängigkeit zu einer Frau glitt? Ja, er hätte nichts dagegen, wenn sie es auch wollte. Er würde sie bei Gelegenheit einfach fragen.

Dann stand er auf und ging zur Toilette. Im Badezimmerspiegel sah er seine neue Frisur – seine schiefe Mütze schimmerte rot und lila auf seinem Kopf – irgendwie eigenartig. Er fragte seinen Elefanten, wie er seinen neuen Haarschnitt fand und bekam eine 2,6. Ja, sie war originell, aber sie passte nicht zu ihm. Bestimmt nicht zu dem alten Olaf, aber auch nicht zu dem neuen Olaf. Kurz entschlossen nahm er seinen Rasierer, stellte ihn auf sieben Millimeter ein, schaltete ihn an und fuhr sich über seinen Schädel. Die lila-rot schimmernden Flocken fielen ins Wachbecken und er konnte mit jedem Schwung die Klarheit der Kontur seines Kopfes deutlicher erkennen. Äußere Klarheit und innere Klarheit – es gab keine Trennung mehr, er war die lebendige Brücke.

Es dauerte nur wenige Minuten, da hatten er seinen Schädel komplett rasiert und streichelte sich fasziniert über seinen samtigen Kopf. Was für ein herrliches Gefühl! Und es kam ihm so vor, als würde er sein Gesicht zum ersten Mal so sehen, wie es gedacht war. Der hohe Haaransatz, die eisblauen Augen, die große Nase, die schmalen Wangen und das zurückweichende Kinn. Alles passte, aber er ließ seinen Dreitagebart stehen, schließlich war er jetzt ja kein kleiner Junge mehr. Mit einem letzten, zufriedenen Blick in den Spiegel verließ er das Badezimmer und ging in die Küche. Die Giraffenuhr stand auf fünf vor halb elf. fünf vor halb elf? Verdammt, er hatte seinen Vater verpasst! Obwohl er es ihm doch versprochen hatte! Scheiße! Nein – also, doch – Scheiße! Aber keine schlimme Scheiße! Jedes gebrochene Versprechen kann man wieder gut machen. Sogar besser machen! Sein Vater würde es verstehen.
Er war durch ihre gestrige Begegnung so sehr im Frieden mit sich und ihm, dass er ihn vollkommen vergessen hatte. Genauso wie Elvis. Wo war der eigentlich abgeblieben? Er ging durch die Wohnung und fand Elvis und seinen Käfig im Wohnzimmer. Er bräuchte einen eigenen Platz und vielleicht auch einen größeren Käfig? Zu seiner Überraschung war Elvis wach und lief in seinem Rad. Er beobachtete ihn kurz dabei und ihm fiel ein, dass er ihn Fee noch gar nicht vorgestellt hatte. Ja, es gab noch einiges, was noch vor ihm lag.
Wichtige Dinge und dringende Dinge. Er ging an seinen Rechner und googelte die Abflugzeit des Fluges seines

Vaters. 9:45 Uhr hatte er gesagt. Ein Flug nach Miami -
Boarding um 9:45 Uhr. Start um 10:30 Uhr. Er fand einen
Link zu einer Webcam, die die Startbahn zeigte. Dann
konnte er zuschauen, wie der Flieger abhob und er
winkte seinem Vater spontan zu. Diese alberne Geste
war ihm im ersten Moment etwas peinlich, aber sein
Elefant spürte, dass sie eine tiefere Bedeutung hatte.

Gerade war Olaf noch wütend, dass er die Chance verpasst hatte, seinen Vater noch einmal zu sehen und nun
fiel er in Trauer, weil er nichts mehr daran ändern konnte. Gleichzeitig fühlte er schon seine Lust, seinem Vater
zu beweisen, dass er ihm wichtig war. Er holte die Karte
seines Vaters aus seinem blauen Büchlein und googelte
die Adresse. Cutler Bay – ein idyllischer Vorort von Miami direkt am Meer. Dann suchte er den nächsten Flug
nach Miami. In Frankfurt ging ein Flieger um 15:30 Uhr
– er hatte also fünf Stunden Zeit, um nach Frankfurt zu
kommen.

Er ging wieder ins Schlafzimmer und weckte Fee mit
einem frechen Kuss auf die Stirn. Sie öffnete die Augen
nicht, sondern rekelte sich einfach auf die andere Seite.
Er lächelte. Was für ein tolles Gefühl war es, eine so hübsche Frau in seinem Bett zu wecken.

„Guten Morgen, meine Fee! Möchtest du etwas zum
Frühstück? Und hast du Lust gleich mit mir nach Miami
zu fliegen?"

„Miami? Ist das nicht in Amerika?"

„Ja, genau. Ich will meinen Vater besuchen – er hat leider nicht mehr lange zu leben."

„Echt? Das tut mir leid. Vielleicht solltest du das lieber alleine machen. Wir haben doch noch sooo viel Zeit." Sie drehte sich wieder um und schloss die Augen.

Olaf war erneut tief beeindruckt von ihrer Argumentation – selbst zwei Minuten nach dem Aufwachen.
„Okay, dann also nur Frühstück? Ach, und ich möchte dir noch jemanden vorstellen, einen niedlichen kleinen Kerl - vielleicht kann er solange bei dir unterkommen, bis ich wieder da bin."

„Bestimmt, wenn er auch ein netter kleiner Kerl ist und sich anständig benimmt. Aber kann das nicht noch einen Moment warten? Willst du nicht erstmal wieder ins Bett kommen?"

Olaf, der einmal Herr Schmidt hieß, bekam feuchte Augen, während er sich auszog und unter die Bettdecke schlüpfte.

ENDE

Epilog

Erwachsenwerden ist schwer und irgendwie hört es nie auf. Haben wir einen wie auch immer gearteten Reifegrad erreicht, fängt unser Elefant sofort an, sich daran zu gewöhnen. Das eben gerade mühsam und möglicherweise heldenhaft Erreichte ist schon wenige Tage später wieder einfach nur normal und selbstverständlich.

Dauerhaft bleibt unser Umgang mit uns selbst, den viele erst bemerken, wenn etwas eklatant schief gelaufen ist. Der Umgang mit unseren Gefühlen und mit unseren Vorstellungen wer oder was wir sind, bestimmt unser Leben mehr als die meisten denken.

Es gibt viele Möglichkeiten, sich diesem heiklen Thema zu nähern.
Mit ausreichend alkoholischen Getränken und der Prämisse: so bin ich nun mal!
Mit einer bemerkenswerten Investitionsbereitschaft, etwas Zeit und einer freundlichen Buchhändlerin, die uns die 27 klügsten Lebensglückberater-Bücher einzeln als Geschenk verpackt, damit wir sie elegant weiterverschenken könnten, falls wie doch nicht dazu kommen, sie zu lesen.
Mit etwas Neugier auf die enormen, ja geradezu fantastischen Kooperationsmöglichkeiten zwischen Elefant und Reiter – mehr dazu auf torstenadamski.de

Oder mit der Frage: wofür **will** ich eigentlich Verantwortung übernehmen?

Sich als ManagerIn unser selbst zu verstehen, ist nicht unbedingt sexy, aber streng genommen bleibt uns gar nichts anderes übrig. Vollkommen unabhängig, ob wir diese Verantwortung mit allen Mitteln ablehnen oder einfach ignorieren, wir können nicht vor uns selbst weglaufen und werden in diesem Hamsterrad einfach immer nur älter.

Gefühls-Management kann sehr sexy sein. Wir können jedoch nur die Ressourcen voller Elan erfolgreich managen, die wir wirklich kennen. Würden wir genau verstehen, welche Gefühle es gibt, welchen Sinn und Zweck sie haben und was sie von den Emotionen unterscheidet, könnten wir uns selbst über den Gefühlszyklus positiv beeinflussen und bräuchten keine Mücke, die uns widerlicher weise ins Ohr sticht.

Erwachsenwerden ist schwer. Sich langweilen ist einfach. Und Glücklichsein bleibt die Fähigkeit, bei all dem Schweren und Einfachen ehrlich und gut mit sich selbst umzugehen.

MIX

Papier | Fördert
gute Waldnutzung

FSC® C083411

Zeitfracht Medien GmbH
Ferdinand-Jühlke-Straße 7
99095 Erfurt, Deutschland
produktsicherheit@kolibri360.de